JOSÉ I.H. LÓPEZ

De Castaño a Oscuro

|-(o)-|

2009

Título original: De Castaño a Oscuro

Diseño de la portada:
Fotografía de la portada:
Corrección ortográfica e gramatical: Guillermo Palmer Martín.

ISBN: 978-0-557-31588-8

Primera edición con esta portada: diciembre, 07-04-2009.

Ésta es una obra de ficción. Nombres, personajes, localidades e incidentes son productos de la imaginación del autor o fueron usados de forma ficticia. Cualquier semejanza con personas reales, vivas o muertas, establecimientos comerciales, acontecimientos o lugares, es mera e inesperada coincidencia.

Impreso en Estados Unidos de América (USA).

ISBN: 978-0-557-31588-8

José I.H. López nació en Antilla, Cuba, en 1966 y estudió en el Instituto Minero Metalúrgico de Moa, Holguín (tanto Antilla como Moa, dos lejanos municipios de la Cuba profunda, allá en Oriente), donde culminó su carrera de ingeniero electricista. Tras acabar sus estudios inició su carrera profesional como profesor en la Universidad de Oriente, Santiago de Cuba, y de allí saltó a la Universidad de São Paulo, Brasil, donde culminó su doctorado en ingeniería. En 2009 publicó su primera novela corta: **Entre Huracanes** (primer volumen de la tetralogía a la cual da continuación esta obra).

-e

En la política como en
tantas cosas, lo importante
es lo que no se ve.

Holguín, 12 de septiembre
Sede de la Seguridad del Estado.

La mente del coronel Ambrosio volaba veloz. Primero había sido la solicitud descabellada del embajador plenipotenciario español, su excelencia Rodrigo Galán y Cela Albacochea, que por escrito presentara formal y legítimo deseo de establecer un consulado, nada menos que un consulado, en el remoto e insignificante municipio de Antilla. Apoyándose de la conocidísima Ley de nietos[1] el canciller ibérico argumentaba, formalmente y por escrito, las diversas ventajas del pueblecito de Antilla a la hora de ubicar el consulado allí.

A pesar de los cien kilómetros que lo separaban de Holguín, el mayor centro poblacional de la región, y al mismo tiempo el punto ideal, según criterio defendido por las autoridades cubanas, para

[1] Esta ley ha puesto a los cubanos a pensar en sus antepasados.

implantar la sede del consulado, a los ojos de las autoridades españolas Antilla representaba una mejor opción[2]. Su proximidad de la playa Guardalavaca y Banes, así como su cercanía al centro de gravedad provincial le hacían merecedora de tal dignidad. Por otro lado a partir de datos levantados por la embajada española, en aquellos remotos municipios de la Cuba profunda proliferaba una incalculable pléyade de nietos con capacidad jurídica para acogerse a la archiconocida ley de nietos.

Al mismo tiempo, y sin permitir descanso alguno a las neuronas del excitado coronel Ambrosio, la Iglesia Católica Apostólica y Romana quería iniciar de inmediato las obras de reconstrucción da la antigua y ya en ruinas Iglesia antillana[3]. Demolida por el tiempo y los inextinguibles avatares Iglesia-Estado la bella construcción se fue deshaciendo hasta transformarse en lo que los cubanos denominan un solar yermo[4].

Son dos piezas de calibre semejante – pensó el coronel -. Dos engranajes de la misma rueda ¿Será que estos dos actores, el Estado español y La Iglesia Católica Apostólica y Romana, intercambian en la misma escena?

Días después, cuando el coronel analizó el proyecto arquitectónico del consulado, y la solicitud de ubicación específica en el municipio antillano, el oficial casi sufre un golpe de sorpresa: el consulado quedaría exactamente en la posición aledaña a la casona de los Haasting[5].

---

[2] Nunca se saben las intenciones de la gente.

[3] Antilla tenía una bonita iglesia que se fue destruyendo inevitablemente con el paso de los años.

[4] El huracán Ike ha contribuido al surgimiento y a la proliferación de los solares yermos en Antilla.

[5] Pura e inexplicable coincidencia.

¡Noooo, ésa no es posible! – murmuró -. Ustedes también; ustedes se van a sumar también a esa subterránea y desconocida carrera a gritos por El Dorado[6] de los Haasting. Ésa no me la trago. Y sin pensarlo dos veces preparó sus cosas y partió para La Habana.

/*\

A su regreso de la Capital, llegó conjuntamente con Ambrosio la noticia al municipio antillano de que el gobierno, en sintonía con los nuevos tiempos y la cantidad de forasteros por aquellos parajes, había decidido construir en el municipio una sede o filial del Instituto de Amistad con los Pueblos. La casa, cuya principal función sería estrechar lazos fraternos con los viajeros, turistas y empresarios de cuantos países se excursionaran en el lugar, sería construida, nada más y nada menos que en el último lugar disponible en las vecindades de los Haasting, en el lado posterior vacante.

Ahora estamos rodeados – le había dicho en ton de preocupación Ade Haasting a su hijo Bruno -, de tantos solares y espacios que los huracanes han dejado libres en este pueblo, los poderosos se encaprichan en ocupar aquellos que nos colindan[7]. Interesante ¿verdad?

- No te preocupes mamá. Quien no la debe no la teme. Le respondió el hijo. Ella lo miró como sólo una madre puede hacerlo con

---

[6] Dicen que los Incas y los Aztecas se quedaban maravillados cuando descubrían el frenesí de los conquistadores españoles por el oro. Lo mismo se puede apreciar hoy en ciertas personas ante un laptop de su propiedad y adquirido milagrosamente.

[7] La proximidad indeseada.

su único y querido hijo, y acto seguido desapareció en sus habitaciones.

Para el tío Jesús las cosas se estaban poniendo buenas[8]. Si bien sospechaba de los movimientos de tierra en sus alrededores, por otro lado se abrían inexplorados espacios a su sociabilidad. Sus vecinos de última hora siempre estaban dispuestos a una buena charla o al intercambio de ideas[9].

- ¿Será que el Whisky comienza a fluir por esta vía? – se preguntaba a veces Jesús –; aunque aún no había percibido indicios de que la bebida escocesa se le escurriera, o se le precipitara, entre las cercas colindantes de las otras propiedades. Unos eran extranjeros: los españoles y la Iglesia, y los otros que también eran cubanos, por la naturaleza de su función: la amistad, no aparentaban ningún rasgo hostil en su trato para con él.

Al devenir de un año las nuevas edificaciones dibujaron una espacie de cerco alrededor de la casona de los Haasting. Al ser construidas en concreto armado como que aprisionaban a la antigua casona. De súbito la calle Miramar ganaba una esquina donde lo nuevo luchaba, sino por eliminar, por lo menos por espiar a lo viejo. A todos los admiraba la coincidencia con que tres actores foráneos se habían enamorado de aquella famosa esquina antillana; el antojo por aquellos solares le parecía a la gente por lo menos cómico. ¿Interesante verdad? – se insinuaban los antillanos en plena calle -.

[8] El cubano medio es muy sociable.

[9] ¿Mis ideas o las de los otros?

Pero el pueblo[10] no era estúpido y sabía que algo se cocinaba en aquella esquina de su diminuta ciudad.

/*\

En la escalera caracol que controlaba el acceso a las oficinas del coronel Ambrosio un inusual tráfico de oficiales operativos y documentos se mantuvo toda la tarde. Carpetas abarrotadas de sospechosos indicios se elevaban por aquellos peldaños en busca del hombre que en absoluto silencio estudiaba la problemática – según el argot de sus jefes – del diminuto municipio. Por un lado faltaba poco para la entrada en operación de El Cayo Obispo Hotel, en cuya culminación el grupo español gastaba sus últimos recursos; por otro lado nuevos actores entraban en el juego – pensó el Coronel a la vez que encendía un tabaco – la Iglesia y el Estado Español también estaban a la par de los acontecimientos.

Nadie ha querido quedarse fuera – pensó –, son como buitres ante la fiera herida ¿Pero estaría la fiera en estado verdaderamente grave, terminal? ¿Cómo haría para detenerlos? Cada día que pasaba más indicios se acumulaban en su mesa. Nuevos datos imperceptibles al ojo o a la sensibilidad mundana no conseguían escapar a un oficio ejercitado por la experiencia de muchas batallas. La situación operativa en Antilla semejaba un juego donde algunos ciegos se enfrentaban en un tiroteo: todos participaban, todos querían jugar el gran juego, pero nadie mostraba sus cartas. Habían llegado unos tras los otros, se habían

---

[10] Las personas saben más de lo que aparentan.

establecido lado a lado, pero cada cual mostraba a los ojos de Dios fines nobles, propósitos loables y una buena fe infinita.

Mientras pensaba, el Coronel hacía circular su Cohíba entre la comisura de sus labios ¿Sería la hora de llamar al Capitán Pérez? ¿o sería mejor hacer lo que había hecho hasta el momento?

Nada.

La nada cotidiana.

Era ésta su frase preferida. La esencia de su método investigativo. Frecuentemente el coronel Ambrosio en sus múltiples y eficaces juegos operativos sabía esperar hasta el último minuto. Tenía fama entre los oficiales de otras secciones, compañeros suyos, por su paciencia.

El hombre es paciente – decían entre bastidores los que desde otras latitudes en la isla evaluaban su trabajo – y certero.

El último calificativo lo había mantenido vivito y coleando en el difícil equilibrio a que estaba sometido un coronel inteligente y honesto en las estructuras internas del Ministerio del Interior. Como muchos decían, el hombre se limita a realizar su trabajo y, al mismo tiempo, a hacerlo bien.

Pero en sus mecanismos mentales más subterráneos nuestro coronel necesitaba, de camino hacia el desenlace final, una justificativa irrechazable para actuar. A pesar de la pluralidad de indicios, su inclinación a la paciencia pesaba más.

Será mejor esperar – se dijo - aún no es el momento de llamar al capitán Pérez para la labor operativa. Esperemos un poco, quien sabe si el tiempo en su señoría sobre la razón nos muestra un factor definitivo; una pista lo suficientemente demoledora como para tenerla en cuenta y a partir de ella desencadenar la operación.

Porque si toda esta gente ha venido por el tesoro de William Haasting – meditó mientras fumaba - entonces ellos saben cosas que nosotros no hemos podido averiguar o saber. Y si ello es así, nada mejor para el buen desarrollo de la operación que emparejarnos en aquello que es desconocido por unos y sabido por otros.

El oficial consumió su tabaco y mientras lo hacía ninguna idea nueva floreció en su cabeza. Llegó al final de la tarde aturdido con la monotonía del trabajo de oficina y, viéndose aún con ganas de fumar y sin otros tabacos a los que prenderles fuego, decidió retirarse hacia su casa más temprano que tarde.

/*\

El día que explotó Chernobil, Bruno conoció a Natasha en Kiev. Era un día memorable para El Instituto Politécnico de Kiev y sus estudiantes festejaban una fecha conmemorativa a altas horas de la noche kieblana. La luna llena testimoniaba desde lo alto a la multitud bailando bajo los efectos del vodka y el rock ucraniano.

Como a medianoche Bruno la vio en las cercanías del grupo de rock. Natasha era mediana de estatura y en su rostro coexistían dos ojos bien azules casi como que escondidos por su pelo intensamente negro. Con sus facciones perfectas, ella lo miró desde lejos y ambos rayos de luz se encontraron en la oscuridad de la plaza universitaria. Minutos después los dos jóvenes, guiados por un magnetismo inexplicable, se fueron acercando en una danza bailada a dos entre cientos de personas ahuyentadas por los alaridos de la intensa y metálica música.

Tropezaron de súbito y como estaban comprimidos, entre tanta gente, allí quedaron juntos al compás de la música. Sin ademanes, ni insistencias, el rock triunfó y unió los dos cuerpos jóvenes de tal suerte que el primer beso llegó justo antes del descanso de la banda. Cuando la música paró, tomados de la mano, los dos fueron poco a poco escapando de allí. Subieron las escaleras de la residencia estudiantil y fueron a parar al cuarto de ella un piso exactamente abajo del suyo. Allí soltaron zapatos, bufandas, pantalones, shapkas, ropa interior y se enroscaron en un abrazo de amor sobre una cama ruidosa. La intensa frialdad de aquel único mayo en la historia de Ucrania no la sintieron los dos jóvenes ni esa noche, ni las otras interminables de ese mes.

/*\

Alberto era el maceta del pueblo. Había hecho fortuna por sus propios medios. Siempre comprando barato y vendiendo caro, tal y como debería ser según pudo aprender con su viejo. En pleno socialismo consiguió amasar una verdadera fortuna. Su olfato de negociante experimentado lo llevaba constantemente de la mano en cada una de las actividades en que se metía. Permutas múltiples realizadas con éxito le proporcionaban un buen lucro; productos clandestinos: carnes, joyas, mariscos, ropa y calzados extranjeros incrementaban sus dividendos; pero su verdadera especialidad era la bolita. Alberto no sólo era bolitero, sino que además era el mejor de Antilla. Sea por sus genes o por sus experiencias en la calle, lo cierto es que nuestro compadre controlaba el juego de la bolita magistralmente en todo el municipio de Antilla.

Pero la bolita era perseguida por la policía y esta situación le creaba algunos inconvenientes a Alberto. Lo obligaba a vivir una vida semiclandestina, llena de exabruptos, y con la espada de Damocles siempre sobre su frente. De suerte que Alberto en su fuero interno soñaba con la piedra filosofal: todos los problemas de un golpe. Todas las cuestiones en una. Todos los pájaros de un tiro. Alberto necesitaba un golpe de suerte, porque sabía bien para sus adentros que, más tarde o más temprano, el tanque[11] lo esperaba.

Por eso, cuando llegó a sus analíticos oídos la noticia de que un misterioso documento perteneciente a un no menos misterioso y famoso pirata antillano, expuesto en el museo municipal de Antilla, estaba llamando poderosamente la atención de los extranjeros, Alberto tuvo aquella visión del cíclope minutos antes de perder el ojo; y sentado en el parque menos céntrico de Antilla, bajo la generosa sombra de un flamboyán, imaginó las posibilidades y las probabilidades de que dicho códice pudiese caer en sus manos. Y como la cábala siempre estaba y estuvo en su contra, a Alberto no le quedó otra alternativa que la victoria[12], de modo que en aquel mismo instante decidió robarlo[13], pues para él ya no existían dudas de que clientes interesados no le faltarían[14].

---

[11] La cárcel.
[12] Famoso dictado cubano, o por lo menos muy usado en Cuba.
[13] Forma brusca e irrespetuosa de apropiarse de un objeto.
[14] Si hay clientes hay negocio.

/*\

Era un día claro de sol y nubes blancas en la Universidad de Oriente, un día bonito como otro cualquiera; salvo por la alegría rara que el profesor Bruno Haasting cargaba en su mirada momentos antes de finalizar el seminario semanal. Juanito, uno de sus alumnos más aventajados, bajó corriendo las escalinatas de Quintero hasta donde un viejo Lada lo esperaba con la puerta trasera abierta. Juanito entró y el carro arrancó velozmente dejando un rastro de polvo huracanado sobre el contén.

En el asiento de atrás del Lada un joven con camisa a vivos cuadros rojizos lo escuchaba detenidamente. Juanito le relataba con emoción al misterioso sujeto, mientras el auto se dislocaba entre los baches de las calles santiagueras, cada instante del seminario, cada ecuación en el sentido literal y figurado en que podía hacerse entender. Le fue contando paso a paso cómo Bruno Haasting, colmando la pizarra verde con el blanco polvoriento de la tiza, había cerrado su modelo matemático de huracanes; también contagió al teniente, sin querer, con aquella alegría, la del profesor, presente en los momentos memorables que anteceden a los descubrimientos científicos.

Juanito era entusiasmo puro.

El oficial lo escuchó paciente sin emitir sonido alguno. No quería perderse la más mínima emoción. Cuando el relato terminó, dejaron a

Juanito en la puerta de su céntrica casa en la calle Reloj, y el Lada se desplazó veloz en dirección a Versalles[15].

Dos horas después, un extenso informe, depositado en la mesa del coronel Ambrosio, esperaba por la inminente llegada del hombre. En este documento, letra a letra, transpiraba la emotiva experiencia de Juanito.

Cuando el coronel terminó su lectura se reclinó en su silla giratoria con las manos juntas en la parte posterior de su cabeza. La curiosidad nuevamente lo asaltaba ¿Qué se traía Bruno Haasting con sus huracanes? ¿porqué tanto entusiasmo en Juanito?

Ambrosio contaba con otros indicios que lo hacían interesarse por el profesor. Las noticias de sus descubrimientos le estaban llegando con demasiada frecuencia y por muchos canales. ¿Cómo proceder en este insólito caso? Lo mejor sería tomar una muestra; era lo que se aconsejaba en tales casos: hacerle una visita exploratoria a los documentos del profesor, y hacerlo, claro, con sumo cuidado.

Ambrosio, en un rápido y maquinal ademán tomó el brazo oscuro de su teléfono. Del otro lado de la línea se escuchó una voz dulce y femenina:

- ¿Sí?

- Mirian, por favor, llámame al capitán Pérez.

- Enseguida lo llamo coronel.

- Muchas gracias. Respondió el coronel.

Con la llegada de Pérez, Ambrosio pondría en sus manos la operación para tomar una muestra de los papeles del profesor. Iba a ser

[15] Famoso centro santiaguero donde radica la inteligencia.

un operativo fácil, pues Bruno Haasting y su nueva enamoradita española, Katia, viajaban todos los finales de semana a Antilla, lo cual daba una ventana de tiempo para introducirse en la casa donde el profesor vivía.

Lo demás era praxis.

Lo del día a día.

El "abc" del trabajo de inteligencia; y pensar en ello hizo bostezar al coronel mientras esperaba impaciente la llegada del capitán Pérez.

/*\

-Φ

Al pueblo le gusta el lujo y la riqueza,
a quien le gusta la pobreza es al intelectual frustrado.
Joanzinho Trinta (Carnavalesco Brasilero)

Es el día de la inauguración, repetían todos los ciudadanos que habitaban los pueblos aledaños a la bahía de Nipe: Antilla, Guatemala, Juan Vicente, Mayarí y Felton. La gente[16] había tomado asiento desde temprano en los bordes de estos poblados costeros para asistir al espectáculo irrepetible que prometía la inauguración del hotel cinco estrellas de iniciativa mixta cubano-española. El Cayo Obispo Hotel cinco estrellas, dotado de heliporto en su patio posterior, sería inaugurado al anochecer por una cadena hotelera española conjuntamente con el gobierno cubano, y a decir por aquello que el vulgo comentaba en la calle, la inauguración iba a ser a banda y platillo: mucha jama y mucha curda.

A medida que iba avanzando la tarde, la gente se aglomeraba en los edificios, restaurantes y clubes costeros, de suerte que su mirar se perdía hacia el interior de la majestuosa bahía de Nipe. Es por allí, decían algunos, los fuegos artificiales van a salir desde allí, decían

[16] ¿El pueblo o la población?

otros, mientras señalaban repletos de júbilo en dirección a Cayo Obispo.

Los fuegos artificiales empezaron temprano, casi al oscurecer. Como a las ocho de la noche, más o menos, el cielo de Nipe se llenó de colores[17]. Andanadas de cohetes, lanzados desde el mismísimo Cayo Obispo, explotaban en el cielo de la bahía escupiendo todos sus colores al espacio pseudo-sideral. Las personas se apretaban las manos entre si, se abrazaban los borrachos, niños y viejos, familiares y amigos, como si no creyeran que semejante espectáculo estuviese aconteciendo ante sus atónitos ojos. Hacía siglos que esto no se veía en esta región – gritó a todo pulmón un anciano con su rostro empapado en lágrimas -. ¡Volvieron los reyes magos! – decían otros -. Miles de personas en las riveras de sus costeros poblados, o en las azoteas de sus casas, repasaban con su mirada las figurillas de colores que nacían y morían minutos después en las alturas celestiales sobre el mar de Nipe.

La inauguración había comenzado. El Cayo Obispo Hotel ya era una realidad. Después de año y medio de trabajo a marcha rápida, y tras el paso de un huracán que casi desaparece al cayo bajo el mar, las obras estaban culminadas. Era un hotel pequeño y glamoroso, de pocos pisos, que impresionaba debido a que sus proporciones estructurales y de forma satisfacían el número áureo y que al mismo tiempo estaba dotado de una posición privilegiada en el traspatio de la bahía. En su estructura, el Cayo Obispo Hotel, respetaba la silueta terrestre del islote, cuya forma semejaba la mitra de un obispo.

---

[17] Dicen que desde la bahía, hacía mucho tiempo que esos fuegos artificiales no se realizaban.

Los fuegos partían desde su azotea y maravillaban con su esplendor a todos los ribereños de la gran bahía. Era un derroche de piruetas y artificio como nunca antes había sido presenciado por aquellos remotos lares.

El destello de los fuegos artificiales señalizaba el preámbulo de la gran fiesta de inauguración. Las autoridades nacionales, provinciales y municipales estaban presentes en el acto. Aglomerados alrededor de una gran mesa rectangular en el penúltimo piso, los empresarios españoles y los dirigentes nacionales y provinciales, en representación del gobierno cubano, se afilaban los dientes esperando lo que sería al decir de todos el banquete de inauguración.

El acto comenzó con una secuencia extendida de discursos por las partes implicadas en el proyecto; donde de modo general se hizo hincapié en la importancia presente y futura del hotel para el desarrollo de aquella olvidada región. Los aplausos de los protagonistas y de los espectadores se sucedieron unos tras otros, hasta que finalmente todos los personajes importantes, así como los primeros turistas europeos, canadienses y de otros innumerables países, fueron invitados a la terraza donde sería servida la cena[18]. En lo más alto del hotel y bajo una pequeña pista para helicópteros, al aire libre, estaba la terraza: un nuevo e impresionante restaurante bajo las nubes veloces que atravesaban la bahía.

Los comensales se acomodaron alrededor de una gran mesa cuya figura reproducía la silueta de Cayo Obispo y de esta forma comenzó el banquete: langostas, langostas y más langostas desfilaron

[18] El momento más interesante de la ocasión.

ininterrumpidamente hacia los platos del público presente. A la grillé, a la termidor, en coctel, a la chapa con vino tinto chileno y aceite español…

Los fuegos continuaban y parecían en realidad eternos ¡Qué fiesta! Comentaba la gente desde la orilla mientras en sus mentes y corazones intentaban imaginar el banquete ¡De madre! ¿Quiénes estarán allí? - la gente se preguntaba -. Los bacanas… - decían unos -. Así fue toda la noche: en la orilla de la gran bahía el pueblo disfrutó viendo, respirando e imaginando el glamour, mientras que en la terraza del Cayo Obispo Hotel, los empresarios españoles y europeos, así como los funcionarios del estado cubano, se fueron llenando el estómago despacio con ese insecto del mar cuyo nombre científico, en Cuba y en el mundo, es langosta-langostinitys (puede que este nombre científico no sea muy exacto…, pero estoy seguro de que cualquiera lo entiende).

En el balcón de su casona en Antilla los miembros de la familia Haasting observaban cuidadosamente en dirección de la bahía desde donde surgían los fuegos artificiales. Ninguno de ellos había sido invitado a los festejos de inauguración del hotel. Sentados, cada uno en su balance de madera regia, estaban: el tío Jesús, Ade Haasting (la madre de Bruno) y el padre de Bruno[19].

- Estos cabrones ya terminaron el hotel en mi cayo – gruñó el tío de Bruno, Jesús -.

- ¡Qué derroche de dinero! comentó Ade Haasting.

/*\

[19] Recomiéndase al amigo lector leer "**Entre Huracanes**" del mismo autor.

Mientras la fiesta continuaba en la terraza del hotel, y, a medida que los invitados, cubanos y extranjeros, iban quedando contentos bajo los efectos de la cidra francesa y española, en el piso trece, piso al cual los elevadores no tenían acceso, reservado para eventos de protocolo, un viejito lleno de canas, nariz aguileña y ojos color del mar observaba, desde su suite privada, el anochecer de la bahía de Nipe. La suite presidencial, así como todo el piso con su número fatal, gracias a una maravilla de la tecnología, giraba despacio a la velocidad de una revolución cada tres horas. De tal modo que aquellos premiados con la suerte de ocupar dichas habitaciones, las del piso trece, contaban con la posibilidad de disfrutar la vista panorámica de la bahía, repetidamente, ocho veces al día.

El señor, un hombre entrado ya en años, de pelo blanco y manos venosas había presenciado en silencio y sin emitir mueca alguna el despliegue de los fuegos. En su fuero interno se quejaba de aquel desperdicio, pero no le había quedado otra alternativa que respetar el protocolo de iniciación. Como una criatura al nacer, las conmemoraciones se tornaban necesarias. Era un rito tradicional y se hacía menester respetarlo.

Desde un amplio sillón, con la mano derecha resistiendo el peso de la disciplinada mandíbula, miraba meditabundo a lo lejos en la dirección del poblado de Antilla. Con sus ojos de águila contemplaba la silueta del puerto alumbrado que como un lápiz de colores penetraba en el mar. Al lado del muelle y al amparo de la escasa claridad que aún sobrevivía, el pequeño pueblo se le mostraba similar a un conglomerado de luces cartesiano.

El viejito era el curador, o en términos más comprensibles, el responsable por la tarea de recuperar la carga perdida por sus antepasados cuando el desastre del Cisne Azul; responsabilizado de la difícil tarea de encontrar el tesoro de William Haasting. Ésa era su responsabilidad ante el grupo que representaba y para ello había sido seleccionado con extremo cuidado; les aseguro que estaba habilitado.

Él sabía demasiado bien que la tarea no iba a ser fácil. Si en trescientos años de larga espera aquel cargamento no consiguió llegar a la metrópoli ¿cómo iba a recuperarlo? En esto meditaba nuestro viejito mientras la habitación del hotel, que él mismo había proyectado y construido, giraba lentamente en su trayectoria cíclica de tres largas horas.

Veamos, - le dijo a un joven ayudante que lo acompañaba en su lujosa habitación -, el rompecabezas tiene varias piezas fundamentales:

- Primero ¿Cómo llegó la carga perdida hasta Portobello?, segundo ¿cuál era el contenido que pertenecía a la corona? tercero ¿qué le había sucedido al galeón Nuestra Señora de Linares? cuarto ¿dónde reposaba la carga en medio de aquella inmensidad conocida por bahía de Nipe? quinto ¿existiría un guardián entre los habitantes de Antilla? sexto y lo más importante: ¿qué sabía la inteligencia cubana? y al mismo tiempo algunos actores alternativos: La Corona, los cazatesoros, el gobierno cubano, los posibles intrusos: cubanos o extranjeros y de existir, el guardián, o los guardianes, adjuntos o disjuntos entre sí.

El silencio reinó en la habitación. El joven que lo acompañaba, hombre de acción, se limitaba a consumir su tabaco. El viejo continuó su monólogo:

- Por un lado estamos los dueños legítimos de la carga: nosotros y La Corona española; por otro, los usurpadores de la carga: ¿quienes? Nosotros sabemos la cantidad y la variedad de nuestro cargamento perdido, pero desconocemos la parte de La Corona. Nunca se nos ha informado. A decir verdad, la composición del cargamento que acompañaba al nuestro era del conocimiento exclusivo del rey. Pero en principio ese hecho es sólo un detalle técnico, porque nos conformaríamos si consiguiéramos recuperar aquello que nos pertenece por derecho[20].

El hombre cambió de posición inconscientemente mientras hablaba. Estaba acompañado por su fiel escudero o ayudante, para decirlo en un lenguaje más moderno.

- Por otro lado – dijo – tenemos una pieza que los otros actores desconocen y la cual nos puede resultar extremadamente ventajosa a la hora de aproximarnos irremediablemente a la verdad: el manuscrito que le fue arrebatado al italiano Felini.

Las anotaciones del manuscrito, por lo que he podido averiguar, relatan las peripecias y malabarismos del italiano en la búsqueda de la verdad acerca de la naturaleza del cargamento embarcado en Portobello en las bodegas del galeón Cisne Azul. Aquellos que dominaban muy bien esta parte me han contado sigilosamente que el famoso manuscrito era una secuencia abarrotada de símbolos. Al

[20] ¿Derecho porque mando? o ¿derecho porque es justo?

parecer cada uno de estos símbolos representaba una etapa, o un nuevo descubrimiento en los interminables periplos que el incansable Felini realizó por América Central y el Caribe antillano.

Acto seguido el viejo se inclinó levemente sobre la mesita que tenía en frente y tomó un documento. Giró en su sillón quedándose de espaldas a los vidrios de amianto que lo protegían del viento del mar. Ante sus ojos tenía el manuscrito de Felini. Lo iba hojeando suavemente como si se tratara de algo delicado al tacto. Aunque el italiano había tomado algunos cuidados, para que a un posible e indeseable lector no le fuese fácil descifrar las pistas que él iba paulatinamente acumulando en su bregar por el mundo latinoamericano, ya el viejito curador había sometido el manuscrito a una consulta multidisciplinaria y compartimentada. Y entiéndase por multidisciplinaria el escrutinio de una pléyade de especialistas, y por compartimentación lo que realmente significa: cada mono en su gajo. De modo que lo que aquel hombre tenía en sus manos ya estaba casi descifrado en su totalidad.

Como se podrá comprobar más adelante sobreviven contradicciones en las informaciones simbólicas que el italiano les facilitó. De no ser así éste último hubiese llegado por sí mismo a la cueva del tesoro de William Haasting. Indiscutiblemente Felini es incompleto tanto en lo que descubrió como en lo que imaginó; y de alguna forma este resquicio de insuficiencia lo llevó irremediablemente a la sepultura.

El dossier que este señor manejaba entre sus manos era un cuéntame tu vida del cazatesoros Felini, pues cuando se investigan los pasos seguidos por un cadáver se adjuntan informaciones alternativas con la intención de esclarecer aspectos importantes de la investigación; un legajo listo para que aún en el caso del lector ser un bebé[21], al leérselo pudiera, a partir de ahí, establecer un plan de acción para llegar a las piezas preciosas y al oro del Cisne Azul, o lo que sería lo mismo: al descubrimiento y la mineración del cargamento desaparecido.

En realidad Felini le había seguido los pasos a la otra parte interesada en el cargamento: La Corona. Es aquí donde la historia se transforma en un juego de espías. Al parecer la mordida de La Corona en este negocio, cayó en sus manos fruto de un juego operativo donde el Rey infiltró a un espía entre los trece de la fama. O para ser más exacto los conquistadores que acompañaron a Francisco Pizarro en la epopeya del Virreinato de Perú. Fue este infiltrado quien le facilitó de cierta forma la intercepción y el transporte de la carga hasta Portobello ¿Cómo? Sólo Dios sabe ¡Ah! Dios y Felini, porque el italiano consiguió ponerse al tanto de la operación cuatro siglos después. Pero desgraciadamente esta parte del manuscrito no ha llegado a mis manos y sospecho que este curador, aún siendo uno de los pocos que la conoce en detalle, no ha podido descifrarla totalmente. El italiano había realizado un trabajo de campo formidable. A partir de una hipótesis que de momento no es bueno ni pensar en ella – pensó el viejito curador -, se limitó a buscar indicios del cargamento relacionados con el filete del rey y fue así que encontró la estatuilla.

[21] Inocente, minúsculo, incipiente.

Las piezas rudimentarias de oro y de plata se funden en cubos macizos, y con ello, al transformarse posteriormente en dinero, pierden su naturaleza primaria[22]. Abandonan los reinos del arte[23] para incorporarse a la circulación monetaria del capital: dinero, mercancía, dinero incrementado...creo que es así. Ya una obra de arte, con su fuerza expresiva, sobrevive al fuego e induce a su dueño a que la valore por su verdadero y elevado valor.

Felini era un genio – comentó el viejito curador -, un hombre raro, formidable, único en su especialidad; pero subestimó las fuerzas ocultas por detrás de lo que estaba buscando y desgraciadamente no perdió la oportunidad de salirse a tiempo...

La fiesta estaba menguando. A medida que los ilustres curdas se fueron hastiando, y el vodka, el whisky, el ron y el ejército de cocteles: Mojitos, Cubalibres, Cubanitos y Daiquirís fue mermando los personajes se iban retirando en las lanchas que los habían traído desde tierra firme. Pero en el piso trece una mente inquieta continuaba leyendo a intervalos mientras miraba de soslayo las luces lejanas de Antilla. Allí - se decía de cuando en cuando -, allí, en aquella diminuta e insignificante península está el motivo de que hoy me encuentre en este remoto lugar.

/*\

---

[22] Como por ejemplo ser el fruto de una cultura antigua como Inca o Azteca.

[23] Tu arte es mi arte. Idealizo que arte es la rara capacidad de hacer algo en lo que otros homosapiens, por el momento, no consigan superarte.

0

En los climas tropicales y tórridos al
Sol no hay que rogarle para que no se
muera al caer el otoño y para que resucite
en la primavera; allí nunca faltan la luz y el calor.
En esas latitudes, en cambio, no es el Sol sino
el dios de los huracanes el más importante
y temedero, porque de su benevolencia dependen
las lluvias y los vientos de los equinoccios,
que las traen y las retiran, así como por su iracundia
se producen los cataclismos más pavorosos.

Fernando Ortiz

La orden[24] ya había sido dada por el coronel Ambrosio[25]: hay que meterse en esa casa y sacarle copia a los papeles donde está la matemática[26] del huracán[27]. Era lo que había dicho el coronel, jefe de la sección de proyectos especiales[28] en Holguín, a su llegada desde La Habana. Ambrosio traía nuevas instrucciones de sus superiores:

---

[24] ¿Orden o desorden? Usted escoge. Mis queridos lectores me han criticado abundantemente por el exceso de notas al pie. Tengo la ligera impresión de que no puedo renunciar al placer que me da hacerlos. Me gustan los números naturales combinados con las palabras. Más me gustan los números primos.

[25] Éste es el verdadero nombre del coronel en la primera parte de esta historia: Entre Huracanes.

[26] La Matemática es el lenguaje de la ciencia.

[27] Éste nombre viene de los antepasados que habitaron nuestras islas: indios exterminados por los colonizadores españoles y portugueses.

[28] Esta sección es interesantísima, en ella cabe todo tipo de locura investigativa.

resolver los problemitas de Antilla: el tesoro de William Haasting y la teoría de su descendiente, Bruno Haasting, sobre los modelos matemáticos de Huracanes, lo antes posible[29] y empleando las técnicas necesarias[30]. Esa mañana de amanecer en Santiago de Cuba[31] se había reunido con sus hombres en el patio del edifico del Ministerio del Interior. Ante un sol que se negaba a salir les había explicado las minucias de la operación. Iban a invadir una casucha de madera e insignificante en las inmediaciones de la plaza de Martes, justamente en el casco histórico de Santiago de Cuba.

El coronel Ambrosio no se cansó de insistirles a sus hombres en que no debían tocar nada en el interior de la casa. Solamente ir directo al objetivo: los papeles donde el profesor Bruno Haasting describe la estructura de su teoría físico-matemática de los huracanes. A los ojos del coronel la operación iba a ser simple de realizar pues la casa estaba deshabitada los fines de semana, cuando Bruno y la española, Katia, viajaban a Antilla. La única dificultad visible eran los vecinos: un par de viejitos jubilados que habitaban las dos casas aledañas a la que ocupaba Bruno Haasting en la calle Pizarro. Este inconveniente fue saltado fácil por el coronel. Los ancianos fueron citados a comparecer esa mañana al órgano público de la vivienda[32] donde tramitarían unos supuestos papeles de propiedad la mañana entera.

---

[29] Infelizmente siempre debemos tener al tiempo en cuenta.

[30] Esta nueva situación le ofrece el título a la segunda parte de la tetralogía pues la cosa se está poniendo de castaño a oscuro. Debo reconocer que esta idea del título me la dio un gran amigo mío. No voy a decir su nombre para que no se haga famoso y los fans le hagan la vida imposible; pero definitivamente puedo dar una pista: le encanta el filme La cámara 36 de Shaolin.

[31] Nada mejor en Santiago de Cuba que un batido de zapote bien temprano en la mañana. Por favor si es posible con leche (aunque sea en polvo).

[32] Faltaba un papel entre los documentos de propiedad de sus casas. Esta situación en Cuba es problemática.

Cuando los viejitos salieron por la mañana temprano en dirección al ministerio de la vivienda provincial, el camino estaba libre para los invasores. Un especialista cerrajero abrió la puerta principal en menos de lo que brinca un mono[33]. Los hombres entraron a la vivienda y durante toda la mañana se concentraron en fotografiar los papeles del profesor. En nada alteraron ni desorganizaron el orden interior de aquella semidestruida casa[34]. Las cosas permanecieron en su lugar. Los documentos eran fotografiados hoja por hoja, y depositados de vuelta en la misma posición donde habían sido encontrados.

Cuando encontraron la carpeta[35] donde Bruno Haasting había juntado los papeles de sus últimas ideas, decidieron fotocopiarlas en la unidad policial y después devolverlas a su posición original. Esta carpeta constituía en sí el principal objetivo de la operación. En ella, según el alumno de Bruno en la universidad, Juanito, y al mismo tiempo chivato para el órgano de inteligencia, estaban los últimos resultados de sus investigaciones en lo que respecta a los huracanes. Eran unas cien páginas llenas de garabatos matemáticos[36].

/*\

---

[33] Dicen en Brasil que el mono que salta mucho, de gajo en gajo, es porque está pidiendo plomo (chumbo en el original).

[34] Bruno Haasting vive mal en Santiago de Cuba. Pero eso a nadie le interesa aparentemente en el trópico. Después nos quejamos del robo de cerebros.

[35] Esta carpeta fue clasificada con el número **2255**. Es interesante cómo y por qué la inteligencia usa los números primos.

[36] Yo me imagino que los órganos de inteligencia de cualquier país no entienden con facilidad estas cosas. Esta nota no es del autor. Esta idea, de decir esto, se la sugirió uno de sus incontables e innombrables amigos.

El profesor Raúl llevaba años trabajando para la Seguridad del Estado en la Universidad de La Habana. Colaboraba en cuestiones de consultoría[37]. Prestaba pequeños servicios que de costumbre estaban relacionados con la ciencia. Era doctor en ciencias físico-matemáticas. Alto, portaba un bigote espeso y le aparecían unas pocas canas rebeldes en su cabellera, cuya presencia delataba la ya sobrepasada esquina de los cincuenta. Ante sus ojos tenía una copia de las cien páginas del profesor Bruno Haasting. Como Bruno no firmaba sus papeles, y aquí debemos resaltar que Bruno es un Haasting y por ende, es discreto y clandestino hasta en el pensar, en ninguna de aquellas cien hojas se encontraba su nombre. No había forma de que el profesor Raul pudiese descubrir el autor de las notas que tenía en sus manos. Los órganos de inteligencia proceden así – se dijo Raul – para mitigar la envidia: el más común de los sentimientos humanos, que en Cuba se llama emulación socialista; o el celo profesional: envidia entre los intelectuales. Mientras menos supiese, mejor, pues casi siempre es mejor no saber nada de nada. Ayuda a sobrevivir. Le habían pedido una valoración. Una opinión. Y para ello iba a dedicar unos días de vacaciones en Varadero[38]. Estaba solo en una habitación de un hotel cinco estrellas, cadena Sol Meliá[39], con todos los gastos pagos. Desde su ventana veía el mar[40]. Al profesor Raúl le gustaba leer acostado. Cogió el pliego de papeles y se los aproximó a la cara para comenzar

---

[37] Casi siempre dar o emitir una opinión que puede, o no, en principio, joder a otra persona. Ésta nota es del editor.

[38] ¡Por unos días en Varadero cualquiera entiende esas ecuaciones!

[39] Me gusta esta cadena española. No veo la hora de pasarme unos días en uno de sus hoteles.

[40] ¿El mar o la mar?

la lectura. La letra era pequeña. El punto de pluma fuente[41]. La matemática: exacta[42].

Raúl continuó la lectura despacio, como si aquel acto le diera placer, el verdadero placer de entender. Quien quiera que hubiese sido el autor, evidentemente usaba, a la hora de plasmar sus ideas sobre el papel, una matemática refinada[43]. El científico se pasó todo el día leyéndose el documento. Cuando sentía hambre llamaba al eficiente servicio de habitaciones y pedía la comida de su preferencia. Llegada la tarde, ya Raul tenía una idea formada de lo que allí estaba escrito. Abrió su laptop y procedió a hacer el memorando. En él escribió su impresión sobre aquellos curiosos papeles. Así se reservaría el final de semana, ya pago, para pasear por Varadero. Trabajó arduamente la noche entera y terminó al amanecer. Transformó sus ideas en un archivo con extensión pdf, de suerte que lo colocó en un sitio para uso interno de la seguridad[44], cuya contraseña de acceso le habían facilitado con anterioridad. Terminada la pincha[45], era hora de descansar en el famoso hotel.

El profesor no tuvo chance de disfrutar el tiempo a su favor, pues unas horas después y cuando se disponía a salir para refrescar en la esplendorosa discoteca de la instalación en Varadero, le llegó una visita. El Coronel, gastando una camisa a cuadros rojos, dio unos toquecitos leves en la puerta.

---

[41] Waterman.

[42] A pesar de que la matemática es una ciencia exacta, aquí significa otra cosa.

[43] Ortodoxa. Rusa.

[44] Estos sitios abundan en la Intranet cubana.

[45] Trabajo en cubano.

- Adelante – casi gritó el profesor desde el interior de la habitación -. El coronel empujó levemente la puerta para que el académico pudiera reconocerlo desde adentro.

- Puede pasar. Siéntase cómodo.

- Buenas noches profesor.

- Buenas noches – respondió Raúl -.

- No he aguantado la curiosidad y aunque me han informado que ya depositaste el dossier preferí hacerme una idea a partir de un encuentro personal contigo.

- Como usted quiera.

- ¿Qué te pareció lo que viste?

- Bueno, vamos por partes. En primer lugar puedo asegurarle que en esos papeles están plasmadas las ideas de un matemático profesional. Muy probablemente con formación de doctor. El modelo es coherente, lo que desde el punto de vista matemático es lo principal: coherencia y rigor. La idea es genial: ¡un modelo reducido de un huracán!

- ¿Puedo encender un tabaco? – preguntó el coronel -.

- Claro, faltaba más. Respondió el matemático.

El Coronel cogió un puro del bolsillo de su camisa y lo sometió a la liturgia del encendido: rotación continua entre los dedos, más una aplicación del fuego en la borda posterior. Cuando la medalla rojiza apareció en la punta del tabaco mandó al matemático a que continuase.

- ¿Por qué reducido? ¿Qué significa eso? –, preguntó el coronel-.

- Existen en las publicaciones académicas algunos modelos de huracanes. De modo general estos modelos son constituidos por muchas ecuaciones, casi siempre a derivadas parciales, lo que se traduce en un gran esfuerzo computacional para resolverlos. Grandes computadoras, cálculos de alto desempeño, paralelización, en fin mucho dinero y recursos con el único propósito de descifrar la dinámica de los huracanes. Lo que también significa que estas soluciones numéricas no están al alcance de países pobres o de limitados recursos.

- Entendí. Dijo el Coronel.

- Si la idea que ustedes pusieron en mis manos fuese viable, o por lo menos, supongamos que desde el punto de vista teórico sea una buena idea; y verdaderamente el modelo reducido del huracán que tenemos en esos papeles represente, con un grado adecuado de exactitud, la dinámica del huracán.

Los hombres se miraron entre una nube de humo. El matemático continuó.

- En ese caso un país pequeño como Cuba o Jamaica o mismo Haití, para poner ejemplos, podría disponer de una herramienta o tecnología que le permitiría investigar los huracanes y sus comportamientos. En fin, hacer experimentos numéricos con el modelo reducido y de algún modo cortar la diferencia entre el país pequeño y las grandes potencias.

- ¿Y, las grandes potencias, como tú las llamas, no tienen o no conocen ese modelo que acabas de estudiar? – preguntó el Coronel -.

- Puede que sí, puede que no. Depende de muchos factores. La ciencia es un reino de magos, coronel, y en este raro asunto del pensamiento y sus inquietudes, una sola cabeza con el hilo de

Pulgarcito entre sus manos puede adelantarse cien años a sus contemporáneos.

- Pero yo dudo que los malos[46] no sepan que existen estos modelos y no tengan ya alguno a su disposición – replicó el Coronel -.

- Los malos tienen todos los recursos: humanos y materiales. ¿Qué le podría decir? Yo sólo he visto esos papeles y según mi experiencia me parecen coherentes. No sé de quién se trata por nuestro lado.

- Te puedo decir que es un investigador nuestro, y además vive en el lejano Oriente. No en los países árabes, sino en un lejano lugarcito de Holguín que ya nos ha dado bastantes problemas, pero que al parecer va a continuar fastidiándonos.

- ¿No me diga?

- ¿Cuáles ventajas concretas podría darnos ese modelo reducido en nuestra lucha con los huracanes? – preguntó el Coronel -.

- Podríamos conocer mejor cómo prever su trayectoria; pero también podríamos pensar en modificarla, es decir, actuar sobre el ciclón…

- ¿Sí? – el coronel quedó pensativo -.

- Cuando un grupo minúsculo de cabezas altamente preparadas comiencen a juguetear con el modelo reducido nuevas ideas saldrán a relucir.

- Entonces, piensa bien lo que me vas a responder ¿usted me está indicando que esos papeles contienen un resultado, o algo, estratégico para nuestro país?

---

[46] ¿Los indios o los cawboys?

- Puede usted estar seguro que a mucha gente le gustaría leerse esas cien páginas.

- ¿Y tú aconsejas que no se publiquen?

- Por lo menos hasta que no se hayan explorado todas las consecuencias que el modelo de huracanes permite estudiar.

El Coronel se dio por satisfecho. Se despidió del matemático y abandonó la suite. Al matemático se le insinuó un semblante triste en el rostro. Sin quererlo, pensó, había puesto en desgracia a un compañero de armas.

/*\

Bruno Haasting llevaba meses pensando en los timones del huracán. Primero el modelo. En estas modernas teorías el punto de partida es un modelo matemático del objeto que se pretende controlar. Es un tipo especial de magia científica: si posees el modelo y eres capaz de resolverlo (calcular su dinámica) cuentas con el comportamiento del sistema (huracán) en tus manos. Lo que te permite experimentar con situaciones artificiosas que de alguna forma te ayudan a entender mejor el sistema que estudias. Estas técnicas transforman a los científicos en demiurgos modernos. Después los timones – se decía -. Los timones en este caso representaban un conjunto de variables heredadas de la teoría moderna de control. En los fundamentos de esta teoría los timones son conocidos como entradas o variables manipuladas del sistema a controlar. Cuando actuamos sobre estas variables contamos con la oportunidad de controlar el sistema, en este caso el huracán.

En Rusia, Bruno estudió profundamente el problema de los timones en una extraña teoría llamada de Control. Primero que todo el modelo matemático – le enfatizaban sus profesores rusos -, después transformar el modelo a una forma peculiar conocida como espacio de estados. Y allí, colocado el sistema en dicha forma, había que descubrir los timones, o las entradas, como alguna que otra escuela europea le llama. Este paso es mente-dependiente, lo que significa que es complejo y no goza de unicidad en la comunidad científica: una especie de arte, diríamos, principalmente en los modelos de sistemas naturales. En el caso de sistemas tecnológicos (ideados por el hombre) este paso está bien fundamentado.

Esta teoría funciona perfectamente en los objetos tecnológicos. Todo tipo de objetos: calderas, hornos, cohetes, aviones, barcos... En todos ellos la teoría de control había triunfado. En cada uno de ellos el comando responde a una fina metodología matemática que reparte las acciones entre las máquinas. Pero claro, estas máquinas son sintetizadas por el hombre; este último domina sus principios y ecuaciones; las construye y las viene estudiando hace siglos para colocarlas a su servicio. Ya con la naturaleza otro gallo cantaría. La atmósfera ponía el huracán y este arrasaba con los países del trópico y sus riquezas materiales. Se hacía necesario penetrar en la esencia[47] de este meteoro. Descubrir su elipsis, si se quiere, matemática. Y gracias

[47] La esencia siempre permanece oculta. En las cosas y en las personas. Por ejemplo: ¿cuál es la esencia de Don Quijote? y ¿de Sancho?

a una metodología[48], podríamos decir, divina: en el sentido de su eficacia o funcionamiento, nunca de su origen, que es totalmente humano, a partir del modelo llegaríamos a los timones del huracán[49].

¡Los timones! En principio, desde esta óptica, un huracán es como un automóvil: también tiene su timón, sus frenos, cloche, acelerador y palanca; con la salvedad de que es menester descubrirlos. Los timones de un huracán los pone la madre naturaleza, y no son visibles ni están al alcance de cualquiera. Están escondidos en las tinieblas de los modelos o las teorías que la mente humana sea capaz de sintetizar. Éste es el primer desafío: descubrir los timones – se dijo Bruno Haasting en lo que miraba al mar en la tranquilidad del portal de su casa, en Antilla -; el segundo desafío tiene que ver con la actuación[50] de los timones. ¿Cómo interactuar sobre el ciclón a partir del conocimiento de ellos?, ¿seríamos capaces[51]?, ¿acaso necesitaríamos grandes recursos para lograrlo?, ¿demasiada energía?

La teoría se encargaría de responder estas preguntas. Pero ahora, felizmente, Bruno Haasting estaba más cerca de la llegada final. Ya había idealizado un modelo matemático lo suficientemente pequeño[52] como para poder comenzar a pensar, a partir del mismo, en los timones del huracán ¡Los timones! – pensó, y nuevamente se quedó dormido[53] -.

/*\

[48] Poner secuencialmente.

[49] Know how.

[50] Primero pensar, para después actuar. Es, ha sido y será, el modo operandis.

[51] Siempre que el hombre pretende controlar sistemas colosales, como por ejemplo un huracán, existe el riesgo de que cuente con energía insuficiente para efectuar su actuación.

[52] Reduccionismo. Son dos principios indiscutibles: simplicidad y pequeñez.

[53] No tienen ni idea de lo bien que se duerme en Antilla la siesta.

Cuando el memorando del profesor Raúl llegó a la mesa del coronel Ambrosio, éste último se comía las uñas, sumergido en una ligera ansiedad, por conocer el contenido de aquellos papeles. A pesar de que ya se había entrevistado con el matemático, la curiosidad lo mantenía impaciente. Al coronel le llegó una versión impresa del memorando, la cual fue depositada en el misterioso sitio del órgano de inteligencia. El coronel se fue desayunando[54] poco a poco el dossier. Más o menos lo que el oficial superior pudo leer fue así:

<< La matemática, tanto conceptual como simbólica está impecable. Estamos ante una tentativa de modelar matemáticamente los ciclones tropicales o huracanes. Una tentativa de incorporarlos al lenguaje de la ciencia. Este material es de gran importancia para el país en la medida en que sean factibles de verificación estas hipótesis que el autor realiza. Un modelo simple, reducido, cerrado, que capture la dinámica de un huracán constituye en sí mismo una extraordinaria tecnología. Aquel, o aquellos, que la posean y la coloquen a su disposición, o puedan hacer un uso práctico; podrán utilizarla a su favor, para bien o para mal. Por otro lado, quien quiera que sea el que publique estos resultados, es muy probable que gane fama y reconocimiento mundial. >>

[54] Leer en cubano.

Ambrosio se pasó la mano derecha por su cara en señal de cansancio o inconformidad ¡Una tecnología de los huracanes! ¿publicar qué? Sólo me faltaba eso[55] – pensó -.

Se recostó en su silla reclinable[56] y mientras giraba su pesado cuerpo[57] decidió llamar a sus superiores en La Habana[58]. Si algo nuevo le agregaba esta situación a la mecánica, ellos deberían saberlo. Unos minutos después telefoneó para la Capital.

/*\

Todas las cosas sobre la faz de la tierra tienen dos principios o dos finalidades que al resumirlos se encajan en el lado bueno y en el malo[59] - pensó el Coronel -. Estos conceptos resbalaban en la cabeza del coronel Ambrosio unos minutos después de sostener una larga conversación con su superior en la Capital[60]. Lo noble, lo desinteresado o lo bueno, en los modelos de huracanes había que buscarlo en los Institutos de meteorología – le habían sugerido desde la Ciudad de La Habana -. Allí, incontables científicos estudiaban, simulaban y pensaban en perfeccionar los modelos matemáticos de huracanes con el fin de aumentar sus capacidades de anticipación:

---

[55] Es muy probable que el coronel no desee ver publicados en una flamante revista periódica internacional estos resultados. El hombre trabaja con documentos secretos ¿por qué iría a estar a favor de una publicación?

[56] Estas sillas de muchas patas que se trasladan y dan vueltas son impresionantes.

[57] El coronel es gordo.

[58] Desde La Habana se reparten las instrucciones que hacen funcionar a la isla. Todo el mundo lo sabe.

[59] Lo bueno y lo malo ¿es bueno? ¿es malo? No creo que sea tan fácil responder a estas preguntas.

[60] En esta conversación sus superiores le transmitieron las principales instrucciones sobre como manejar el caso.

adelantarse al clima, predecirlo a tiempo[61]. En la medida en que estos complejos sistemas matemáticos, ya computarizados, permitieran a los meteorólogos anticipar los movimientos del huracán, más vidas serían salvadas; más segura sería la navegación marítima y aérea; menos daños materiales para nuestros países insulares y caribeños en las inevitables temporadas ciclónicas[62].

Ahora, - le habían insinuado desde La Habana -, también esta tecnología tiene su lado oscuro[63] ¿Será que usted por sí mismo podría descubrirlo, Coronel? - le sugirió la voz de su superior al otro lado de la línea ultrasecreta -. Mientras fumaba, solitario en su buró, el coronel pensaba ¿El lado oscuro? ¿controlarlos? La idea de controlar o someter al huracán le llegaba aislada a su mente. Aquello que se mueve es factible de ser controlado, y al mismo tiempo en que sea controlado puede ser encaminado hacia donde nos venga en ganas ¡Ah! – pensó el coronel -. Ahora estoy entendiendo mejor.

El coronel volvió a girar suavemente en su silla. El tabaco colgante de su boca quemaba suavemente[64]. Una gran nube de humo blanco llenaba el aposento. Entonces debe ser por ese camino que los huracanes muestran su lado negro – pensó -; quien los consiga controlar podría usarlos cual si fuesen proyectiles contra otras naciones[65]. O por lo menos podría, una nación que domine dicha

---

[61] El eterno desafío de controlar el futuro. De hacerlo tuyo previéndolo a tu favor. Es bueno, pero coño ¡Qué triste!

[62] Bruno Haasting piensa, con razón, que la temporada ciclónica puede desaparecer si sus soluciones estacionarias son llevadas a la práctica.

[63] El lado oscuro, la noche, el mal ¿están juntos?

[64] No consigo imaginarme a este señor sin un tabaco en su boca. Recuerden a Cabrera Infante: ¡fúmese un tabaco y sea alguien!

[65] Al parecer no hay como separar el lado bueno del malo. Permanecen juntos en su dualidad.

tecnología, evitar ser alcanzada por estos meteoros[66] ¿Y si consiguiera evitarlos? ¿y las otras naciones vecinas? ¡Que mierda!, – pensó el coronel -, si conseguimos evitarlos entonces les llegan con más fuerza a los demás países vecinos. Pero cuando nos aplastan ellos indirectamente se favorecen, pues todo el mundo sabe que los huracanes pierden fuerza cuando tocan tierra. El bien para ti es el mal para mí, y viceversa.

¿Y las demás naciones? ¿Por casualidad los otros países nos entregan sus tecnologías[67]? ¿nos las hacen saber para que podamos utilizarlas[68]? No, algo tan grandioso como esta tecnología sería, evidentemente, guardado en secreto por el país que la dominase – pensó el coronel -. En su mente los huracanes se desplazaban, en cada temporada, sin aproximarse a las costas de la gran isla. La bordeaban pero sin penetrarla y seguían su curso natural hacia otros países[69], pero a Cuba no, a Cuba no la tocaban…

Por fin, como si despertase del letargo, le llegó el lado oscuro con toda su fuerza: el coronel imaginó un desfile continuo de huracanes desplazándose por ambas costas, norte y sur, de la gran isla y finalmente penetrando en territorio estadounidense. Pero el coronel en el fondo no era un hombre malo y la visión anterior terminó por asustarlo. Pensó en los daños humanos y materiales que tal calamidad causaría y le asaltó la duda

---

[66] Pero si lo evitas y no te tocan ¿hacia dónde se dirigen? ¿le tocará a otros? Si evitan la isla, invadirán con más fuerza a los países vecinos. Por tanto, lo que es bueno para ti se transforma automáticamente en algo malo para los otros ¡Coñoooo! ¡qué cosas tiene la vida!

[67] El egoísmo prevalece entre las naciones.

[68] Las tecnologías estratégicas no pasan con facilidad de país en país.

[69] Esto es inevitable.

¡No! - se dijo - si esa tecnología fuese encontrada debería ser patrimonio de la humanidad y nunca de un sólo país, o de unos pocos países. Todas las naciones deberían ser participes de dicho avance, todas sin excepciones. El hombre se sintió más tranquilo; aunque nada impide que las investigaciones preliminares sean llevadas como debe ser: en secreto – pensó.

/*\

La pura verdad es que Bruno Haasting estaba concentrado en un tipo muy especial de solución para sus ecuaciones del huracán[70]. Él buscaba, dentro de la familia de soluciones conocidas como estacionarias, aquellas que detenían al huracán, que lo tornaban inmóvil[71]. En vez de controlar su movimiento en el sentido de timonearlo desviándolo de su ruta natural: la cual depende de las condiciones atmosféricas y de la propia naturaleza del ciclón, lo interesante, según las ideas que el profesor defendía, sería pararlo[72], detenerlo, tornarlo inmóvil.

Bruno Haasting, en sus charlas semanales con sus alumnos, imaginaba un campo (field) en medio del mar donde unos cuantos huracanes estacionarios se consumían inmóviles[73]; y el hombre

---

[70] Podríamos llamarle solución pacífica.
[71] Bonita idea: ¡tornarlo inmóvil!
[72] Frenarlo en un lugar apropiado.
[73] Una planta viento-eléctrica en el medio del océano.

aprovechaba de alguna forma[74] su energía. Pero primero debía descubrir los timones para poder detenerlo. Tornarlo estacionario. Limitar su movimiento a una región preestablecida del océano donde no afectara la vida de las personas, y de paso el hombre pudiese aprovechar su energía para usos pacíficos. Y todo ello, en su aspecto teórico, se reducía a encontrar ese tipo especial de solución para sus ecuaciones.

Su avance era lento, como son los casos y las cosas en la ciencia. Iba descubriendo nuevas verdades pero siempre despacio: un poquito cada día. El encuentro semanal con sus alumnos le servía de mucho, porque en la medida en que explicaba sus ideas se iba escuchando a sí mismo, y con ello nuevas ideas le venían a su mente.

Un buen día de octubre Bruno Haasting decidió publicar[75] su modelo. Una voz interior[76] le decía que lo publicara o se conformara con morir científicamente, pasar desapercibido en la posteridad, cosa que le causaba horror, y para siempre[77]. La posteridad[78] no respeta las ideas no publicadas – le cantaba la voz -. Resígnese a morir profesor. Estas ideas en cierta forma lo torturaban. Por un lado la teoría permanecía incompleta; por otro, cada día que pasaba, más personas comenzaban a estar enteradas de sus descubrimientos[79]. Esta ambivalencia[80] lo sometía. Al mismo tiempo existía el problema de

---

[74] Bruno Haasting se imagina una especie de plataforma flotante situada en el vórtice calmo del huracán. Desde su posición privilegiada va estirando unos brazos robóticos en el tubo interior del vórtice, y así va ejerciendo su control y extrayendo su energía.
[75] Esta idea le va a traer problemas al profesor.
[76] Estas voces normalmente interfieren el curso natural y sano de los acontecimientos.
[77] JJJC: Jamás, jamarás, jamón en Cuba. Mi abuela decía esta frase con harta frecuencia. Hasta ahora se ha comportado como si fuese un axioma.
[78] El significado de esta palabra le preocupa a los grandes hombres.
[79] Las ideas se propagan como las ondas en el mar.
[80] Entre el acto de publicar y la posibilidad de hacerlo en un estado incompleto ¡Los buitres!

publicar una teoría incompleta. Después vendría otro, y terminaría bebiendo hasta saciarse en sus ideas, para luego perfeccionarlas y llevarse los laureles[81]. Pero lo que Bruno, al final, no podía imaginarse, ni remotamente, era que la vida le impondría un derrotero, tan inesperado, como el que sigue un huracán en su dialéctica por el mar Caribe.

/*\

[81] Las ideas son muy difíciles de defender.

-i

La oficina de Asuntos Históricos[82] del municipio de Antilla o el museo municipal René Ramos Latour como también es conocida esta casa, está situada en la calle Miramar. Casa ésta donde nació el mártir, René Ramos Latour, de las luchas revolucionarias contra el dictador Fulgencio Batista. Aledaña al mar[83], desde su patio se puede presenciar perfectamente la inmensidad[84] de la bahía de Nipe[85]. Es una casa de madera con un bonito portal, armada con un techo inclinado en forma de uve invertida y construido a partir de largas pencas de zinc. En su interior, constituido por cinco espaciosas salas reposan los documentos históricos del municipio: las pistolas, las gorras, uniformes verde-olivos y armas de la época revolucionaria, esperan por la curiosa visita del forastero[86].

Las salas interiores del museo están repletas de estantes colmados de ejemplares de la flora y la fauna: estrellas de mar, cangrejos, aves y peces; también en esta misma sala se puede apreciar el legado de la cultura taína: hachas petaloides, aparejos e instrumentos de trabajo; los

---

[82] Aquí el visitante puede encontrar todo tipo de asunto relacionado con el municipio. La antigua calle Miramar (hoy René Ramos Latour), es una de las más famosas de Antilla.

[83] La proximidad del mar es una realidad en Antilla.

[84] Tengo entendido que es la bahía de bolsa más grande del mundo.

[85] ¿Cuál será la procedencia de éste nombre?

[86] Antilla está situada en el oriente cubano, en la Cuba profunda como diría algún que otro entendido en el asunto.

Dioses: Maicabó (seca), tallado en piedra, y Taguabo (lluvia), tallado en madera. En la última sala se atesoran objetos personales de quienes participaron en la limpia del Escambray y en la Campaña de alfabetización; así como múltiples pertrechos y fotografías en alusión a los combatientes guardafronteras antillanos caídos en combate cuando unas lanchas piratas, provenientes de Los Estados Unidos, atacaron el puerto de Boca de Samá en Banes el 12 de octubre de 1971; lo mismo que otros cuatro combatientes antillanos caídos en Angola; objetos y fotos de René referentes a su vida personal y familiar y a la lucha del movimiento veintiséis de julio[87] y otros movimientos contra la dictadura de Batista.

En la tercera sala, dedicada a los orígenes de Antilla, se puede tener una idea del pirata William Haasting, de su hacienda Puerto Salina, de las famosas expediciones de Castillo Duany, Carlos Roloff y El Perrit para fortalecer las guerras de independencia; de Luz Palomares García (capitana del ejército libertador), del Acta Constitutiva del municipio el 21 de enero de 1925…

En un rincón de esta sala hay una vitrina, desapercibida al visitante, donde reposan los documentos que testifican la compra de aquella península al gobierno español por el ilustre señor William Haasting[88], fundador del municipio de Antilla[89]. Estos envejecidos papeles, ya casi consumidos por su exposición constante al salitre,

---

[87] Movimiento revolucionario dirigido por el abogado Fidel Castro Ruz que ganó la guerra contra la dictadura el primero de enero de 1959.

[88] En el primer libro de la tetralogía: **Entre Huracanes** el lector puede saber un poco más sobre William Haasting.

[89] He oído decir que Antilla fue un lugar próspero en la época anterior a la Revolución. Al parecer la gran bahía ejercía su influencia en ese sentido. Cuando el socialismo triunfó en Cuba, nuevos factores políticos administrativos, tanto nacionales como provinciales, hicieron que otros puertos cubanos ganaran en influencia, y Antilla, al parecer, ante los ojos de los gobernantes, perdió una parte de su gran valor estratégico. Lo que no quiere decir que aún no lo posea.

relatan y dejan constancia escrita de la susodicha adquisición, en que un pirata consumado le compró a la principal potencia europea de otrora, España, el brazo izquierdo de la gran bahía de Nipe. Parados los contratantes[90] en un promontorio famoso[91] situado en el Manguito[92], desde donde puede apreciarse sin dificultades la bahía en su totalidad, a golpe de vista, fue efectuada la transacción mercantil[93]. Las partes satisfechas firmaron el papel que quizás hoy sea el único gran vestigio escrito de William Haasting[94]. En aquellos tiempos y debido a la insuficiencia técnica para delimitar los grandes espacios de tierra, la capacidad de fijar puntos de referencia con la sola ayuda de los ojos desnudos permitió que tamaña propiedad pasara a patrimonio de nuestro pirata. Al parecer éste ha sido el único documento oficial que ha sobrevivido al desgaste del tiempo. Todos en Antilla, de alguna forma o de otra, han oído hablar acerca de estos papeles[95]. Es como si fueran el kerr[96] fundador del pequeño poblado.

Hacía unos días que Lucy, una joven profesora de Historia o licenciada en Historia, tal y como se le llamaría en Cuba, y funcionaria del municipio al mismo tiempo, venía registrando una curiosidad[97] atípica[98] de los visitantes al museo por el documento de la compra[99],

[90] El gobierno español de la isla queriendo vender el pedazo de tierra, y el pirata William Haasting queriendo comprar.
[91] Mirador.
[92] El Manguito es notable por variados motivos. Es un entronque donde se dividen las carreteras Antilla-Banes y Cueto. Allí el viajero siempre encuentra bocaditos y refrescos, además de lo más importante: ron.
[93] Yo te compro, tú me vendes.
[94] Si existen otros, con seguridad los están buscando.
[95] Pero para un forastero ya no es tan fácil abundar en esta historia.
[96] Núcleo.
[97] El problema de la curiosidad es que casi siempre viene acompañada por el interés. La curiosidad mató al gato.
[98] Cierto desvío de la media.
[99] Básicamente un contrato de compra-venta entre dos curiosos inquilinos: el gobierno español y el pirata William Haasting, además con la salvedad de que fue redactado en la época colonial y ese detalle lo hace interesante.

como era conocido por los funcionarios del departamento de asuntos históricos del municipio Antilla[100]. Los visitantes extranjeros permanecían más tiempo que lo habitual con la cabeza casi clavada en la vitrina intentando leer, cuidadosamente, lo que estaba escrito en los papeles. Sin contar que el flujo de visitantes, inexplicablemente, había aumentado en los últimos tiempos. A medida que pasaban los días, más y más personas visitaban el museo. Es verdad que también se esparcían, en sus inacabables volteretas dentro del local, por las salas restantes donde otros temas históricos constituían el foco de la exposición; pero Lucy sospechaba que era puro disimulo[101]. Tanto interés[102] no había pasado desapercibido a su ojo[103] entrenado[104]. En ocasiones era menester llamarles la atención. Las personas se quedaban minutos y más minutos con la columna vertebral curvada sobre el cristal del muestrario hasta que Lucy se les aproximaba y, con una voz dulce, los hacía moverse para que otros, en la cola de espera, tuvieran su oportunidad realizada[105].

No hay alternativa – se dijo la funcionaria, mientras pensaba sentada en su buró en un cuartito al final de la casa museo -, se lo tengo que informar a la Seguridad del Estado[106]. Y así mismo lo hizo. Redactó un informe corto de dos pequeñas páginas, donde le explicaba al órgano de inteligencia lo que había observado en los últimos meses.

---

[100] Y también por los antillanos.

[101] ¿Disimular o simular? Disimulamos aquello que tenemos; simulamos aquello que carecemos ¿Cuál usted prefiere amigo lector?

[102] Al parecer es lo que mueve al mundo. El amor y el interés fueron al río un día, pudo más el interés que el amor que te tenía. Dictado popular cubano.

[103] Es impresionante como la propia palabra: "ojo", se parece a los ojos situados en la parte superior de la nariz.

[104] El ojo de Sauron. Este asunto de R.R. Tolkien me ha fascinado verdaderamente. Un ojo que todo lo ve.

[105] Realizar una oportunidad es más difícil que verla.

[106] Llega el momento de la acción.

Colocó el bulto de papeles en un sobre lacrado, y ella misma se lo llevó caminando hasta el edificio de la PNR[107] en las Cinco Esquinas[108]. Allí, en la estación de policía principal de Antilla, la atendió el oficial operativo y con un aire taciturno le tomó el documento.

Cuatro horas después, cuando Lucy se preparaba para cerrar el museo y retirarse a descansar, llegaron unos agentes desde Holguín y se presentaron[109]. Habían venido para llevarse los papeles de la compra. Aflojaron los tornillos de las vitrinas y sacaron el antiguo contrato de compra. Lo colocaron en un sobre especial que fue a parar en el fondo de un maletín diplomático inmenso. Al parecer era una maleta preparada para trasladar documentos u objetos antiguos[110]. Esto, más o menos, fue lo que Lucy pensó cuando los vio proceder: se están llevando los papeles de la compra para protegerlos[111].

Al otro día, como al mediodía más o menos, llegaron de nuevo las mismas personas y colocaron una copia del documento en la vitrina dedicada al mismo[112].

Después de esta operación Lucy se quedó más tranquila. Gracias a su sensibilidad[113] se le había dado una respuesta a la curiosidad foránea. Nadie le explicó nada. Y ella no se preocupó en lo más mínimo. Las cosas eran así. No más. Los viejos papeles, los verdaderos, estaban bien guardados y a buen recaudo; los nuevos no

---

[107] Policía Nacional Revolucionaria.
[108] Lugar famoso de Antilla donde convergen cinco calles principales. Justamente ahí está localizado el edificio de la policía.
[109] La tropa de choque.
[110] He visto estas maletas en los filmes de Stevens Spilberg.
[111] ¿De quién?
[112] Que sigan analizando la copia.
[113] ¿Inducida o natural?

decían nada y además, en tamaño, eran similares a los anteriores[114]. Por algún motivo que ella desconocía[115], su aviso había surtido efecto. Eso definitivamente la dejaba contenta, pues de cierta forma era útil a su país y a las circunstancias.

/*\

Leonel bien sabía que la tarea no era fácil[116]. Lo que más le preocupaban eran los tiburones[117]. Tenía que nadar, desde su casita de madera encaramada sobre unos viejos horcones en el mar, hasta la playita fangosa frente al museo. Nadar era lo de menos. Lo peor era que había que hacerlo de noche[118]. Ya lo había hecho otras veces; ya lo hiciera antaño, cuando ante la expectativa de un gran grupo de borrachos marineros griegos[119], en el cabaret Náutico[120], nadó a medianoche hasta la boya más próxima en el borde del canal[121] y la tapó durante una hora con su húmeda camisa; era la apuesta: unas botellas de Whisky; llegar había sido fácil, lo duro fue regresar para disfrutar a tiempo de las tres botellas de Whisky que constituían la apuesta.

---

[114] Es igual pero no es lo mismo.

[115] Los órganos de inteligencia mundiales: G2, KGB, CNI, CIA, M16, MOSSAD…, desean estudiar el contrato.

[116] Robar nunca es fácil.

[117] De mar. A los de tierra no les tenía miedo el antillano.

[118] Ésta es una modalidad que pone a prueba el coraje de los hombres.

[119] Antilla es un pueblo de mar y gracias a su gran puerto siempre tuvo contacto con marineros de todas las nacionalidades. Son famosas y diversas en este pueblecito las historias que mezclan a antillanos con marineros, casi siempre en grandes borracheras o reyertas con golpes de ambas partes.

[120] El más famoso de los grandes cabarets antillanos. Incrustado en el mar y dotado de una piscina natural. Allí se comía pescados y mariscos y se bebía una excelente cerveza sin problemas.

[121] Este canal profundo permite que los barcos de carga de gran tonelaje tengan acceso al puerto de Antilla. Es un canal peligroso.

No pudo engañarse a sí mismo aquella vez; acurrucado alrededor de la boya de metal, ante el borde del abismo en el mismo inicio del canal, los tiburones no se le salían de la cabeza. Estaban allí, a su alrededor, esperándolo. En medio de la oscuridad los imaginaba dando vueltas en las proximidades de la baliza. Después, cuando la bruma de estos malos pensamientos se disipó de su cabeza, Leonel se lanzó al agua y nadó con todas sus fuerzas hasta el Náutico, donde sus amigos ya se habían bebido una de sus botellas. Los marineros griegos, hombres de mar, lo miraban como se mira a un héroe[122], y en su interior[123] Leonel sabía que había escapado de una más[124].

En otra ocasión, siempre de madrugada y actuando solo[125], se llevó, ante la silueta de su pueblo que dormía[126], todas las botellas de ron, maltas y refrescos que estaban guardadas en los refrigeradores de la carpa: famoso container de recreación antillano frente al mar[127]. De nuevo, Leonel usaba a la noche y al mar como sus aliados principales. Atravesó nadando la parte mansa[128] de la bahía, la parte de atrás, donde está el puente gallego, hasta la misma carpa. En su boya de pescador submarino colocó la carga que no era poca; y nadando en la oscuridad de la noche se alejó con su fardo de botellas hasta Ceuta, en la margen opuesta de la bahía. Como siempre en que se metía en tales travesías nocturnas, Leonel sentía a los tiburones a medida que le daba a los pies. Cuando niño supo del famoso tiburón Don Pepe y de los

[122] Coraje antillano y cubano a la vez.
[123] En la nano-pendejésima de si mismo.
[124] Cuando escapamos de una ya nos damos por sabidos que ésa no será la última.
[125] El que solo la hace, solo la paga.
[126] Quizás entre lo más lindo de Antilla esté su silueta nocturna. Para el viajero que llega por mar o por tierra, tanto de día como de noche, Antilla le pasa una figura singular.
[127] La carpa ya jugó un papel importante en la primera parte de esta historia, y espero que no acabe aún.
[128] El pedazo de agua que media entre Ceuta y Antilla.

estragos que hizo entre los antillanos, precisamente en el agua aledaña al puente. Mientras nadaba y remolcaba su boya cargada de botellas de ron, le venía el recuerdo de las dos lanchas que chocaron y se hundieron en la bahía. Cargadas de personas. De madrugada: Antilla-Nicaro, Nicaro-Antilla ¿Cuánta gente murió entre ahogada y despedazada por los escualos? Pero especialmente recordaba la historia de dos enanos, famosos por aquellas regiones, uno en cada lancha, marineros, que sobrevivieron al colapso. Cada cual nadó y nadó hasta recalar en orillas diferentes de la bahía. De niño escuchó la historia contada por ellos mismos, y éstos, en sus vocecitas de enanos, abandonados por la biología, se lo habían dicho: en cada brazada nocturna sentían venir la boca del tiburón hacia sí. Dicen que uno de estos enanos, cuando llegó a una apacible playa, tras largas horas en el agua, e intentó salir, unos perros del dueño y señor de aquellas tierras lo mantuvieron dentro del agua hasta el amanecer.

Leonel no podía evitar que estas historias le vinieran a su mente mientras nadaba con el bulto flotante a cuestas y repleto de botellas de ron. Al fin de cuentas siempre había llegado – se decía en el medio de la mar -.

Era sólo nadar hasta la orilla fangosa; atravesar la línea del tren; entrar por los fondos desabitados del museo; entrar en el sótano; serruchar el piso de madera; penetrar; y finalmente quebrar con una mandarria la vitrina protectora del documento[129]. Ahí se activaría la alarma en forma de bombillo rojo en la policía y ellos vendrían[130]; pero

[129] Estos robos nocturnos en Antilla son un poco violentos.
[130] Antilla es pequeño.

una vez envuelto el documento en nylon[131] ya él, Leonel, estaría en el agua y nadando como nadie en aquellos confines podría hacerlo. Ellos buscarían por los alrededores, hasta podrían soltar los perros si fuese necesario, pero nunca, más nunca, irían a encontrarlo[132]. Mientras nadaba con todas sus fuerzas hacia su casa, Leonel pensaba en los tiburones: tintoreras, cornúas, toros, martillo, alecrín…la policía de la mar – pensó -, estos sí que me pueden coger. Dio sus últimas brazadas hasta el pequeño puente en que culminaba su casa[133]. Sus hijos dormían. Con la fuerza de sus fornidos brazos se encaramó en el puente. A lo lejos pudo ver al carro de patrulla estacionar frente al museo. Los policías invadieron la casona. Desde su pequeño muelle particular de tablas veía las lucecitas de las linternas titiritando en los interiores de la casa museo. Será otro día – pensó -, será otro día y con seguridad va a ser la policía del mar…

Caminando por el pequeño puente de su casa Leonel pensó en los cien dólares que acababa de ganar con el robo. Ese dinero daría para comprarles unos zapatos a sus hijos en La Shopping, y quizás algo más para su mujer. Con estos pensamientos el pescador entró en la cama.

/*\

[131] Para ser más exactos, un cubalse.

[132] Profesional.

[133] Muchas casas de pescadores en Antilla terminan con un puentecito para amarrar los botes y ¿por qué no? para bañarse en el mar.

Los pueblos del interior de Cuba poseen una escala de poder que comienza en el Gobierno Revolucionario y termina en el maceta[134]. Son muchos los negocios ilícitos[135] que pueden transformar a un hombre en maceta. No me voy a detener en ellos pues no soy sociólogo ni antropólogo. Les adelanto que nuestro maceta en Antilla, Alberto, proviene de una actividad llamada Bolita[136]. La Bolita. Es un juego de azar muy difundido en las Américas y especialmente en Cuba. Se apuesta a un número que va desde el uno hasta el cien y que paga sesenta pesos al que aserta. Como en la gran mayoría de las actividades conducidas por el azar, quien controla el juego consigue enriquecer con rapidez[137]. Ése es el caso de nuestro Alberto, y al mismo tiempo el comprador del documento que tan hábilmente Leonel substrajo del museo. Este señor ha pagado cien dólares, porque su aguda capacidad mercantil[138] le ha dicho que conseguirá venderlo a un valor manifiestamente mayor[139]. A su vez, le resta esperar a que las circunstancias le presenten al comprador. No le importa que haya sido una fotocopia, si nadie que no sea de confianza del gobierno ha podido tener acceso al documento. Fotocopia y todo – se ha dicho mientras almuerza -, el que lo quiera[140], me lo tiene que pagar.

/*\

---

[134] Rico por actividades no gubernamentales.
[135] En honor a la verdad y quiero dejar bien claro que esta nota es del editor: todo el trabajo privado o casi todo, es ilegal en Cuba ¡Creo que se me fue la mano!
[136] ¡Interesante!
[137] La banca pierde y se ríe, el punto gana y se va.
[138] Esta capacidad es rara en el trópico.
[139] Los macetas normalmente trabajan con información fresca.
[140] El famoso documento.

- Dime, tío Jesús ¿Cómo esconderías el tesoro de Cayo Obispo si estuviera en tus manos?

Le preguntó Bruno a su tío mientras miraban el mar desde el portal de la casona de los Haasting, al tiempo en que se tragaban unos ostiones en coctel[141]. El tío Jesús miró a su sobrino como diciéndole que ni se imaginaba las veces que había pensado en eso[142].

- Eso depende del tipo de tesoro, mi sobrino. Si fuesen monedas de oro, o monedas de plata sería más fácil guardarlas. Basta derretirlas, o transformarlas en clavos de seis pulgadas[143]. Entonces, en el próximo huracán que pase por Antilla echas la casona abajo para reconstruirla de nuevo; y cuando la compongas, como es necesario, usas esos clavos. Pero antes no te olvides de pintarlos de verde.

- ¿Por qué verde? – preguntó Bruno -.

- Pues, para joder no más, o quizás porque es el color que menos nos arremete en los ojos, como el paño del billar, o como las hojas de los árboles; y cada vez que la necesidad me apremiase – mi sobrino -, sacaría un clavo y lo fundiría en un cubo de oro puro ¿Si me cae la casa encima? No, porque los voy sustituyendo a medida que los voy sacando en el mejor de los casos; en el peor: qué me importa que me caiga la casa encima, con cash[144], con efectivo, hijo mío ¡cash eternamente en el bolsillo!

- ¿Y no les donarías algo a los otros, mi tío?

---

[141] Los ostiones frescos con jugo de tomate, limón, sal y picante. Los mejores del mundo son antillanos.
[142] Quien sueña con tesoros lo primero que hace es imaginar cómo esconderlos.
[143] ¡Alquimia pura!
[144] La forma más eficiente de guardar el dinero.

- Claro mi sobrino. Daría algo para las MTT[145]. Y a ti, por ejemplo, no te faltaría nada.

- Pero...- pensó Bruno -, siempre conservarías el principal de alguna forma contigo.

- ¡Claro! Eso lo traemos en la sangre mijo. Recuerda que somos Haasting. No hay riqueza sin egoísmo[146], mi sobrino. ¿O crees que he buscado la vida entera ese tesoro para donárselo a los otros, sea el Gobierno o quién sea? Lo quiero para gastarlo suavemente[147], como dice la canción. Irlo gastando poquito a poquito, hasta que se acabe si es pequeño; o me mate si es inmenso, como sólo yo soy capaz de imaginármelo[148].

- Siempre pensé, tío, que tenías mejores intenciones con el tesoro de nuestro antepasado.

- Yo también pensé eso[149] – dijo el tío Jesús mientras se tragaba de un golpe un jarrito de ostiones -. Pero creo que a la hora de la verdad, cuando los cofres estén ante mis ojos, no los voy a repartir tan fácil así. A esa hora todo hombre se transforma en el apoderado de sí mismo. Es la pura verdad, mi sobrino. Y además, recuerda que quiero navegar[150] por el ancho mar, y quiero conocer amigos de aquí y de allá, y a todos llevar mi flor de amistad – Jesús le tarareó a Bruno la famosa canción -

.

[145] MTT: Milicias de tropas territoriales.
[146] Lo primero que hace el dinero cuando llega es taparnos los ojos.
[147] Vivir como rico, y no, morir rico. Son parecidos, pero infelizmente no son iguales.
[148] La imaginación del tío Jesús es inigualable.
[149] Donde dije Diego, dije digo.
[150] El tío sueña con un velero oceánico.

Bruno se quedó pensativo. El recuerdo de Natasha[151], la ucraniana[152], la del pelo negro y los ojos azules cual abismo posterior a los arrecifes y que los antillanos llaman simplemente azul, le vino de repente a su mente. Desde su llegada del país de los Soviets casi había conseguido olvidarse de ella[153], pero aún le aparecía en sus sueños[154] o en frecuentes y dulces[155] pesadillas[156]. Cuando relajaba tras algún ejercicio físico, o se apartaba de su trabajo matemático intenso, la rusa le aparecía inevitablemente[157].

Bruno hubiese deseado traérsela en su regreso a Cuba, pero su madre, es decir, la madre de Natasha, con los ojos colmados de lágrimas le pidió que no lo hiciera. Un día que descansaban en la dacha de la familia, a la orilla de Nieper la señora le dijo:

- Por favor Bruno, no nos hagas eso, no te la lleves para Cuba[158], que nos vas matar de dolor. Natasha es nuestra única hija - le confesó la mujer entre sollozos[159] -.

- Si se nos va ¿qué será de nosotros?

Natasha, al mismo tiempo de hermosa era la solitaria hija de un general de la KGB[160]; y de esa parte[161], así como de las largas

---

[151] La hija del general de la KGB.

[152] Se conocieron en el Kiesvkii Politecnicheskii Institut (KPI, Kiev), y allí se enamoraron como locos.

[153] Bruno se fue sin despedirse a pedido amigable de la madre de Natasha, y al mismo tiempo evitando que el general, padre de Natasha, cumpliera las amenazas ya proferidas.

[154] Soñaba con frecuencia que ellos se encontraban y se besaban en los bosques o parques aledaños a la Universidad donde se conocieron.

[155] Natasha y Bruno en muchas ocasiones escaparon, gracias a las escaleras de incendio de las residencias estudiantiles de la Universidad, cuando el general y padre de Natasha conjuntamente con sus guardaespaldas hacía acto de presencia con la intención de hablar con ellos y convencerlos en lo insensato de su unión.

[156] Esta parte no me ha llegado todavía.

[157] Los grandes amores son así.

[158] La señora, al parecer, ya sabía lo de la libreta.

[159] Bruno sintió en carne propia el dolor de la madre y decidió que se sacrificaría, de modo que regresó sin Natasha.

[160] Órganos de inteligencia de la ya extinta URSS.

[161]Estoy investigando.

conversaciones[162] que sostuvo Bruno con el padre de Natasha, el general[163] Serguey, prefería por el momento no acordarse...[164]

/*\

Al día siguiente, cuando Lucy llegó al museo, se lo encontró lleno de gente. Eran las ocho de la mañana cuando los investigadores rastreaban las viviendas aledañas con sus elegantes perros pastores[165]. Las huellas conducen al mar[166]. Era lo que Lucy escuchaba de boca en boca. Pero los vecinos de la orilla, por donde pasaba la línea del tren, no habían visto ni escuchado absolutamente nada[167].

Más o menos a las nueve de la mañana llegó el investigador Pérez[168]. Entró con cuidado a la vivienda. La recorrió por su interior acompañado del oficial que dirigía el operativo, mientras éste le iba explicando lo que sus hombres habían hecho desde su llegada al amanecer. Después el capitán Pérez se sentó en un gran sofá en la sala junto a la directora del museo e intercambiaron unas palabras.

- Buenos días, señorita. Le dijo el investigador Pérez a Lucy.

- Buenos días capitán.

- Por lo que parece, sólo se llevaron el documento del pirata.

- Sí señor, sólo eso.

---

[162] En su momento veremos el asunto de estas conversaciones.

[163] Todavía este general nos va a sorprender en esta historia, pero no se apuren y continúen leyendo. Recuerden que faltan dos partes (3,4).

[164] El que calla, otorga.

[165] Un gran perro el pastor alemán.

[166] Cuando las huellas conducen al mar es muy posible que el ladrón sea un anfibio.

[167] El robo fue en el horario de la novela, brasileña.

[168] Es el mismo personaje de la primera parte: Entre Huracanes.

- Este William Haasting nos continúa dando guerra a pesar de estar bien enterrado ya hace algunos siglos.

Pérez se acomodó en el asiento.

- Vamos a ver si lo podemos coger. Pero en este lugarcito el mar protege a la gente. Si llegó, y se escapó por el mar, tal y como me han dicho que parece, va a ser muy difícil seguirle la pista ¿Me ha contado usted que lo demás está en orden?

- Sí señor. En cuanto a los demás objetos, el museo está intacto.

- Bueno, entonces ya me puedo marchar para Holguín y esperar los resultados de la investigación.

Pérez le estrechó la mano a Lucy; conversó unos minutos con el teniente que estaba al frente de los investigadores en el museo, entró en su viejo Lada y se marchó. En el camino se iba preguntando el por qué esta gente de Antilla continuaba, a pesar del sigilo con que La Seguridad estaba tratando el asunto de William Haasting, jodiendo con todo lo relacionado al tesoro del famoso pirata. Los antillanos no se entregan – se dijo -, ellos todavía persisten en participar, en decidir sobre un asunto que ya no está en sus manos…

Antilla había sido declarada municipio especial[169]. Este homenaje a los ojos de las grandes esferas del gobierno portaba una importancia que, al parecer de Pérez, los antillanos no habían comprendido aún. Esta gente no tiene ni idea de lo que les viene encima…[170] Mientras

---

[169] Los municipios especiales son atendidos directamente por los órganos centrales del estado y gozan de un tipo especial de autonomía.

[170] Está en preparación un gran operativo para revisar la casa de los Haasting. La Seguridad sospecha que algún tesoro esconden esta gente en la casona.

meditaba en estas y otras cosas, su deteriorado[171] Lada avanzaba ligero por la carretera Antilla-Holguín[172].

/*\

- Pero mamá – Bruno miró perplejo a su vieja - ¿de dónde has sacado esas monedas? - le dijo en la oscuridad de la noche, cuando todos dormían en la casona de los Haasting.

- No te preocupes por eso ahora. Estas monedas eran de tu abuela Josefina. Formaban parte de los tantos objetos antiguos que hemos heredado de nuestros antepasados[173]. Ella las tenía como una reserva por si algún huracán destruía la casa. Ahora ha llegado el momento de venderlas, mi hijo ¿Puedes o no hacerlo?

Su madre, Ade Haasting, le cogió las manos en la oscuridad de su cuarto, sentados en la cama. Entre ellos un grupo grande de monedas o doblones españoles permanecía amontonado sobre la cama[174].

- Vieja[175], es que La Seguridad anda siguiéndonos los pasos por el problema de la venta de la estatuilla al italiano[176].

La madre lo escuchó y sin inmutarse le dijo:

---

[171] El sueño de ganarse el Lada: importante herramienta de dominio en el trópico. Aclaración: esta nota es del editor. La he aceptado porque si no la acepto, me ha amenazado con no publicarme la novela; conclusión: el mismo problema del Lada, pero en el capitalismo…

[172] El mejor plátano macho del mundo, usted, amigo lector, lo puede encontrar en esta carretera. Le puedo dar una receta: fría unos chicharrones y los muela junto con plátano macho hervido, después haga unas bolitas con la masa y espere a que endurezcan.

[173] Ya la vieja se la tiene pelá a Bruno con esa historia de los objetos de sus antepasados.

[174] Mientras esta conversación acontecía, el tío Jesús dormía tranquilamente en la habitación contigua.

[175] Así les decimos a nuestras madres los cubanos. También se usa: pura.

[176] Felini.

- La Seguridad lo quiere saber todo[177]. Siempre ha sido así y siempre será así, mi hijo. Pero ¿será que es posible saberlo todo en este mundo en que vivimos[178]? Sé cuidadoso e intenta venderlas, nunca te olvides que al final de cuentas, gracias a la venta de la estatuilla pudimos recuperar la casa de nuestros antepasados; precisamente en estos turbulentos[179] momentos en que nos ha tocado vivir[180].

Ade Haasting pensó unos minutos mientras observaba a su hijo. Al final terminó diciéndole:

- Otra cosa, un consejo: no te confíes en Katia por el momento. Dale un tiempo para que demuestre su valor.

Bruno recogió las monedas y sigilosamente se las llevó a su cuarto. Allí, después de manosearlas entre los dedos las escondió lo mejor que pudo debajo del colchón ¿Cuánto valdrían? ¿Cómo las vendería? ¿A quién? Esto lo diría el futuro. Algunos minutos después estaba completamente dormido[181].

/*\

Katia[182], la española, ya no era la primera vez que visitaba a los Haasting en Antilla. Los fines de semana viajaban ella y Bruno en el Antillano[183]. Eran fines de semana en Antilla, lejos de Santiago: la

---

[177] Ése es su trabajo.
[178] ¡Coñoooo!
[179] ¿Turbulentos? ¿por qué?
[180] Pleno período especial.
[181] Katia estaba en España resolviendo problemas familiares.
[182] Regresó de España. Katia, como es gallega, puede viajar cuantas veces ella quiera (pueda); y a los lugares, países, playas, campos de Golf, resortes, paraísos fiscales, capitales, etc., que quiera.
[183] Creo que ya me detuve en este tren en la primera parte: Entre Huracanes.

gran ciudad[184]. Cuando llegaban al pequeño pueblo junto al mar, ya la madre de Bruno le había preparado a Katia su cuarto independiente. A pesar de que Katia vivía con el profesor en su casita de Santiago, la madre de Bruno, Ade Haasting, no acababa por permitirles dormir juntos en el mismo cuarto. Por más que Bruno lo intentara, su madre se lo había negado rotundamente: en mi casa, solamente después del matrimonio podrás dormir con ella, hijo. A Bruno le parecía absurda la testarudez de su madre, pero nada podía hacer contra la voluntad de la vieja. Mientras, la española se conformaba a regañadientes con las disposiciones pueblerinas de su suegra.

Lo que Katia no sabía era que Ade Haasting en el fondo no confiaba en nadie[185]; y por pura praxis le había limitado la capacidad de movimiento dentro de la casa. Nadie sabía de dónde le venían los exacerbados niveles[186] de desconfianza a la madre de Bruno, Ade Haasting; quizás una herencia del antepasado pirata, pero lo cierto era que para Ade Haasting la confianza era una moneda rara: muy difícil de encontrar y al mismo tiempo, extraordinariamente fácil de perder[187].

Era un sábado de mañana cuando llegaron los cangrejos[188]. Apiñados en sendos sacos de yute los depositaron en el patio, donde una olla de aluminio traída de algún campamento cañero los esperaba con el agua hirviendo. Después de un leve hervor, todos en la casa, se sentaron alrededor de una montaña de cangrejos azules y moros para

---

[184] Santiago de Cuba es muy hospitalaria, y su pueblo: muy cariñoso y sincero. De todas las ciudades cubanas, después de Antilla, es Santiago de Cuba la preferida del autor.

[185] Confía pero verifica. Éste es el axioma de oro de los sistemas de inteligencia mundiales. Primer lazo de control.

[186] Del apellido: Haasting.

[187] La vieja está velando a la española.

[188] Azules, del mangle, y moros, de la bahía.

limpiarlos[189]. Los carapachos y las muelas, ya limpios, iban siendo colocados en otra olla más pequeña donde serían cocidos. Jugo de tomate, pimienta tabasco, más un especioso sofrito fueron agregados a la olla pequeña que contenía las masas ya limpias. Por otro lado fue preparado un arroz blanco a base de ajo, cebolla y aceite del bueno[190]. Como acompañantes se frieron unos guineos[191] a la milanesa o empanizados, más unas cervecitas bucaneros de la shopping.

El almuerzo fue un clamor – pensó Katia -. El mantel blanco de hilo en cuyos bordes relucían bordadas las iniciales W. H.[192]; los cubiertos, cucharas, tenedores y cuchillos de mesa, finos de plata con pequeños filamentos en oro, lo cual no pasó inadvertido a los astutos[193] ojos[194] de Katia. Las servilletas, la vajilla, los vasos, todo era de valor en aquella casa y siempre, inexplicablemente, las iniciales W. H. estaban estampadas en cada componente de la costosa bajilla[195].

¿Y los cangrejos? Arroz blanco con enchilado de cangrejo y guineos a la milanesa, más una cerveza bucanero bien fría, era indiscutiblemente un manjar en el trópico. Katia lo sabía. De alguna forma en medio de la situación en penurias que la gente estaba viviendo, aquella pequeña familia gozaba de un velo de prosperidad.

El almuerzo se pasó en silencio. Lo único que lo alteraba de vez en cuando eran los chistes pesados[196] del tío Jesús. La madre de Bruno al parecer ya estaba acostumbrada a los manejos vulgares de su hermano.

---

[189] Significa separar las masas o carnes de los carapachos para el enchilado.
[190] Español.
[191] Platanitos maduros fritos.
[192] William Haasting bordado en hilo de oro.
[193] Esta curiosidad ya fue percibida por Ade Haasting.
[194] Verde-azules como el mar del Ramón de Antilla.
[195] Esta práctica es común en las familias de abolengo o blasón.
[196] Espero que un día se publiquen.

Nadie dijo al final nada. Comieron en silencio absoluto. Pareciera como si los cangrejos azules y moros de la costa antillana se dejaran comer sin emitir sonido[197].

/*\

En Antilla las personas solamente hablaban del tesoro. La noticia había llegado por vías diferentes. Una parte del pueblo la conocía desde siempre; otra la descubrió en las oleadas de extranjeros que llegaban todos los días preguntando e interesándose en la leyenda de los Haastings. Una minoría disponía de información más fresca[198]: a pesar de la compartimentación[199] reinante en la inteligencia cubana, esta noticia se escapaba de sus manos[200].

La idea de un gran tesoro[201] en aquellos confines[202] se propagaba a la velocidad del sonido[203]. Se filtraba por los casi nanométricos[204] poros de La Seguridad[205]. En los pasillos, en las esquinas, en la calle se murmuraba: hay un gran tesoro en Antilla[206]. Las personas venían desde lejos, desde otros municipios y provincias para visitar a sus familiares ya olvidados[207]. En Cayo Obispo el hotel cinco estrellas

---

[197] Quizás ésta sea la mejor forma de saber si una jama quedó buena.
[198] Sus familiares en Los Estados Unidos ya se habían leído y al mismo tiempo le habían enviado **Entre Huracanes**.
[199] Método piramidal muy difundido en los sistemas mundiales de inteligencia.
[200] El mundo es tal que se nos escapa, por más que queramos se nos escabulle de las manos.
[201] Colosal.
[202] La Cuba profunda e inexplorada: 1000 km a distancia de La Habana.
[203] Si se tratase de ciencia ficción diría que a la velocidad de la luz.
[204] La inteligencia cubana ha demostrado con creces su discreción en los últimos cincuenta años.
[205] Pero al mismo tiempo no podía impedir la propagación de esta noticia. Es que los tesoros en sí ejercen una influencia inexplicable y profunda en la psiquis de las personas comunes.
[206] ¿Acaso es mentira?
[207] Nos acordamos de Santa Bárbara cuando truena.

funcionaba en forma. Los muelles recobraron su vigor tras el paso del huracán. Grandes grupos de españoles y extranjeros navegaban por la bahía en lanchas rápidas ante los atónitos ojos de los antillanos[208]. Desde la costa Este de Antilla se podía divisar la silueta del hotel que a cada nuevo mes se llenaba de turistas y más turistas. Los turistas europeos podían venir a disfrutar de una estancia impar en la gran bahía de Nipe.

A pesar de que cayo Obispo cobrara notoriedad con este asunto del tesoro de los Haastings, no era el cayo más famoso, ni remotamente, de la bahía. Para los turistas extranjeros y para los nativos de aquellos confines el cayo más famoso de la gran bahía era Cayo Saetía[209]. Este cayo de gran tamaño está situado en el lado derecho de la boca de la bahía de Nipe. Está destinado hoy en día para el turismo de élite, y según he podido saber es un coto[210] de caza. Como pudiera decirse, el cayo cierra la entrada de la bahía por el lado derecho mirando desde adentro de la bahía. Es un cayo colindante con la bahía de Nicaro. Y repito, es un coto de caza[211]. Allí pastan animales exóticos. A los turistas les place cazarlos para después comérselos o llevarse sus pieles en sus vuelos de regreso a casa. Debemos decir que al mismo tiempo el Cayo Saetía es un campamento de pioneros. En las vacaciones de los niños, cuando las clases ya han finalizado, los pioneros de la provincia Holguín y regiones aledañas a la bahía de Nipe se pasan una semana de descanso, muchos de ellos con sus propios padres o familiares allegados, en el cayo. A decir verdad, mitad para los cubanos mitad

---

[208] ¿Buscando el tesoro?

[209] Este cayo es realmente desconocido para el cubano común.

[210] Gran parte del Cayo Saetía es formada por bosques.

[211] Allí el turista puede matar un buen venado negro.

para los extranjeros[212]. Cayo Saetía se conserva como una región virgen a la pesca submarina y depredadora. Es sus bordes el peje corre y abunda. Está prácticamente intacto a la invasión de la población pesquera del Ramón de Antilla, San Vicente, Guatemala, Nicaro, Banes y otros poblados aledaños a la gran Bahía. El cayo es famoso entre los antillanos porque en él, como en la otra orilla frontal en la boca de la bahía: el Ramón de Antilla, habita el venado. La carne de este animalito es apreciada y al mismo tiempo rara entre los sabores que pueblan la mesa del antillano común. Es famosa por su gusto exquisito y aquellos que la han probado se jactan ante los demás de su sabor inigualable.

Leonel era, también, el mayor consumidor de carne de venado en la gran bahía. Si yo tengo los cojones de jugármela[213] – se decía -, por qué no iría a comerla[214]. En su repertorio contaba con dos metodologías peculiares y opuestas para cazar el venado. De más está decir que esta especie de animal disfrutaba de una veda eterna y similar a la de los crustáceos[215]. Dependiendo de la orilla de la bahía donde se fuese a capturar a la presa así variaba la técnica para capturarla. En el Ramón lo mejor era recurrir a los servicios de una chiva. La soltabas en el monte y un día o dos después la salías a buscar armado con una escopeta de cartuchos. Con seguridad la encontrabas con un venado enamorado a sus pies[216]. Era sorprenderlo y matarlo[217]. Pero en la parte del Ramón el venado escaseaba. Cada día había

[212] 50/50.
[213] La caza clandestina en el Cayo Saetía es peligrosa.
[214] Carne de venado.
[215] ¡La verdad!
[216] Caza amorosa.
[217] Para comer es necesario matar.

menos. Ya en Cayo Saetía...Se comentaba que los había por millares; pero allí era una tierra vedada para los ciudadanos comunes. Solamente se llegaba por mar o por un pequeño puentecito en el entronque de Felton y con un salvoconducto. Leonel lo sabía; no podía presentarse y pedir que lo dejaran matar un venado para probar el gusto de su carne o para llevársela a los suyos. Entonces aprovechaba las noches sin luna para atravesar el canal. Sí, el canal, la entrada de la gran bahía. El paño de agua que separaba el Ramón de Antilla del Cayo Saetía. Noches sin luna, sin luz, sin nada[218]. De nuevo solitario en el medio de un mar lleno de tiburones[219]. Nadaba despacio, haciendo uso de movimientos coordinados, porque sabía que el peje también siente[220]. Nadaba con miedo pero nadaba[221]. Hasta la otra orilla. Dejaba sus pertrechos bien guardados y salía tras la presa. En los espesos matorrales del cayo, Leonel se les aproximaba a los venados y los mataba con su arpón de la escopeta de liga. Arrastraba al venado cuando era muy grande o lo cargaba en sus hombros si se trataba de uno pequeño. Sentado en la orilla arenosa y agazapado por causa de las frecuentes rondas de centinelas, esperaba una hora hasta que el animal ya limpio y sumergido en el agua del mar soltara toda la sangre posible. Entonces, llegaba la parte más difícil: la del regreso. Lo amarraba firmemente a la baliza de pesca submarina y se lanzaba a la mar arrastrando su trofeo, siempre antes del amanecer.

[218] La oscuridad al servicio del estómago.
[219] De que los hay los hay, y más en esta región, la boca de la bahía.
[220] El peje siente y hace sentir cuando te arranca un pedazo.
[221] Llegar a la valentía por los derroteros de la racionalidad y no por el instinto. Ésta es la esencia del equilibrio en los que suelen enfrentar con compostura el peligro inminente.

Una vez más la mar. A estas alturas del juego, Leonel contaba con una larga cuerda para separar lo más posible la carga que remolcaba de su cuerpo flotante. En estas condiciones atravesaba de vuelta el canal. Siempre había sido así y sería porque sus hijos ya se habían acostumbrado a la preciada carne de venado en fricasé; pero además, Leonel era perspicaz[222]: nunca permitió que nadie[223], a no ser[224] sus seres[225] más cercanos, comieran el venado[226] de la otra orilla[227].

/*\

[222] Inteligencia natural, adquirida en la Universidad de La Calle.

[223] Fuera de su mujer e hijos.

[224] To be or not to be.

[225] Los seres queridos le complicaron la vida a Napoleón Bonaparte cuando gracias a su talento en el uso y dominio de las armas se adueñó de Europa.

[226] ¡El que lo quiera comer que se la juegue! En realidad este axioma siempre se ha cumplido en Cuba y en el mundo. La ganancia y el riesgo avanzan juntas. No hay ganancia sin riesgo. Y aunque muchas personas en Cuba comieron y mataron los venados de Cayo Saetía sin asumir riesgo alguno, estoy seguro de que indirectamente algún familiar suyo lo asumió en un momento dado de la historia de mi país. Repito: esta nota es del editor.

[227] Buena medida de precaución. No se puede decir lo que no se sabe.

i

Es jueves en la noche. El carnaval antillano va a comenzar. El pueblo se ha llenado de colores. Hay tarimas en las esquinas desde donde las orquestas musicales que han venido se alistan para tocar. La gente fluye y refluye de los municipios y poblados vecinos en busca de fiesta. Los carnavales antillanos son famosos pues en ellos las personas se divierten a plenitud. Llegan desde Santiago en el tren, desde Banes, Mayarí, Cueto, y cuantos pueblos conforman la geopolítica antillana. El casco histórico de Antilla es pequeño: tres grandes parques y un trazado rectangular de calles que viniendo desde el mar hacen que el forastero consiga recorrerlas y reencontrarse con la bahía nuevamente en pocos minutos. En las esquinas los puestos de ostiones esperan a la gente. Son timbiriches de cuatro patas en forma de mesa donde el coctel de ostiones se le prepara al cliente. Medio vaso de ostiones, jugo de tomate, pimienta, limón y una cucharadita de sal hacen de este coctel una marca registrada antillana. Los lechoneros preparan el famoso bocadito de puerco a pocos metros de los quioscos donde se vende la cerveza Hatuey. Este nombre se lo debe a un famoso cacique dominicano-cubano. Cuentan que este indio cuando vio las atrocidades de los españoles en Santo Domingo atravesó el paso de los vientos y se vino huyendo a Cuba. Una vez aquí no se sometió a los conquistadores. Luchó contra ellos pero fue capturado. En el momento en que los ibéricos pretendían quemarlo, un cura le sugirió que se acogiese al Dios cristiano y así después de muerto podría ir al cielo. Hatuey le preguntó al prelado si los españoles también iban al cielo, y éste le respondió que sí. Entonces el indio se negó a acogerse a ese nuevo Dios, él no quería coincidir con los colonizadores en el paraíso. Y fue quemado vivo.

Cada cierto tiempo la conga antillana arrasa por las calles de Antilla. A marcha lenta va recorriendo las calles principales con su música peculiar. Tambores, metales y trompetas chinas hacen el inigualable ritmo de la conga.

// Dale que ahí viene Cocoyé, hasta Santiago a pie //

Las personas se van desplazando al lado de los músicos que comandan la conga y van repitiendo los estribillos al unísono. Cada estrofa porta un mensaje de moda y variado en la medida de las circunstancias. El ron embotellado recorre la conga de punta a cabo, las botellas descorchadas se intercambian de manos y la gente se amontona al compás del ritmo.

El carnaval antillano ha comenzado y el pueblo conjuntamente con sus localidades aledañas ha salido a divertirse. Las familias campesinas llegan desde el campo para participar de la fiesta.

Bruno, de la mano de Katia la española, coincide con el tío Jesús en el quiosco de La Campana en la esquina del parque principal. Allí, en aquel quiosco Jesús ha decidido divertirse, o lo que es lo mismo tomárselas todas. El quiosco es una casa sin paredes con un techo de yarey y unas tinas rectangulares de bloque donde es depositado el hielo y la cerveza. Las cajas de botellas son vaciadas y las cervezas acomodadas en pilas muy bien cuidadas, como sólo los antillanos saben hacerlo, para que más tarde cuando falte poco para el inicio, el hielo le sea depositado encima. Jesús, como reza su costumbre anual, bebe por el día y al atardecer, cuando es inminente la caída de la noche, se retira tambaleándose a casa. Él permanece recostado al mostrador con una cerveza Hatuey abierta y bien fría ante sí. Éste es un privilegio especial pues la cerveza, todo el mundo lo sabe, es servida en pencas de cartón y no se está autorizado beberla en la botella. Pero Jesús es un caso especial, en el quiosco todos lo conocen y son sus amigos. Escuchan las historias que Jesús Haasting les va inventando y entre una carcajada y otra las cervezas frías y embotelladas se suceden en la dirección del tío.

Katia no ha dejado de percibir el mazo de billetes de a cien en las manos de Jesús cuando paga. Todos en el quiosco se han dado cuenta, pero nadie dice nada, ni lo comenta. De alguna forma les parece normal, sin explicar el porqué. Pero al ojo aguzado de Katia nada puede escapar. Como no pueden escapar los zapatos de marca Dipolini y cuero repujado, al parecer brasileños; la camisa DG[228] y el pantalón[229] que viste Jesús.

Al día siguiente Katia ha salido temprano a caminar por el sendero del ferrocarril cuyo trecho paralelo al mar conduce a los muelles. Es su recorrido habitual. Esta caminata la hace para mantenerse en forma. Es una costumbre europea que trae dentro de sí. Mientras la española camina por la línea del tren lo hace con cuidado para no caerse entre las desgastadas traviesas, al parecer ya ha escogido el lugar donde dejará el mensaje. Es un viejo muelle de pescadores en cuyos lados flotan amarrados unos pequeños botes. Katia se aproxima despacio y se sienta en el puente. Se quita los tenis y mete los pies en el agua

---

[228] Dolci & Gabana
[229] Tommy.

caliente de la mañana antillana. Después comienza a chapotear la superficie del mar con movimientos rítmicos de ambas piernas. Al mismo tiempo con su mano izquierda introduce entre la diminuta grieta del puente un casi imperceptible papelito. Katia mira cuidadosamente a su alrededor. A lo lejos unos pescadores tiran sus tarrayas en busca de las escurridizas lizas, o las fugitivas sardinas en la peor de las situaciones. Nadie la ve, nadie la mira, Katia está segura. Se pone los tenis y parte de regreso a casa.

/*\

En la noche oscura de fiestas, y cuando los fuegos artificiales anuncian la continuación del jolgorio, ya pasadas las diez, una persona indistinguible desde la lejanía, se aproxima al puente para orinar. Abre lentamente su portañuela y consigue que el líquido de sus entrañas caiga al agua y brote de la superficie un círculo de espuma. Cuando termina se agacha y tantea con sus dedos el piso del puente hasta encontrar en la rendija lo que busca: un diminuto papelito. A pasos rápidos, el ser invisible, se retira contento hacia el carnaval. La oscuridad de la noche en su nocturna algarabía ha impedido que alguien lo vea.

/*\

A la mañana siguiente, como a eso de las diez, en el piso trece de El Cayo Obispo Hotel un señor ya entrado en años, sentado junto a una mesa de madera regia y bien amplia, examinaba cuidadosamente una pequeña hoja de papel. A su lado mantenía abierto un ejemplar de La Maja Desnuda, que al parecer completaba el código. Con una lupa en su mano derecha el señor iba recorriendo cada uno de los números escritos en el mensaje. Al instante abrió el libro cuidadosamente para con el auxilio de un lápiz marcar en el mismo cada letra a las cuales hacía alusión el mensaje. En realidad después de una secuencia de operaciones bien estudiadas y metódicas el señor pudo descifrar el código que recibió. Caminó unos pasos en su habitación mientras pensaba. Después apretó un botón en la parte interna de la mesa. Algunos minutos más tarde se escuchó el sonar de un timbre.

- Adelante. Dijo el viejo.

La puerta se abrió y entró un hombre joven y atlético. El rostro cortado por los ejercicios físicos y la disciplina que acompaña a tales sacrificios. El joven se sentó a un ademán del viejo en un diván espacioso que hacía de recibidor en la suite.

- Buenos días, hombre.

- Buenos días.

- Hoy he recibido el primer mensaje de K. y por lo que nos dice la solvencia del tío no se corresponde, en nada, con lo que ella ha visto por estas tierras.

El viejo se sentó en un sillón aledaño. Los hombres se miraron sin emitir palabras.

- Sería interesante que te llegaras por el quiosco de La Campana. Allí el tío de nuestro personaje acostumbra a beber por las tardes. No es necesario que te le aproximes. Basta con que lo estudies desde lejos y me informes sobre el personaje. Recuerda, no establezcas contacto por el momento. Nosotros somos extranjeros y nuestro negocio es el turismo. Explotamos este maravilloso hotel. Primero debemos entender bien a este país antes de aventurarnos a nuestro verdadero propósito.

- Así será. No se preocupe.

El joven se retiró sin decir nada. El viejo continuó sentado mirando el mar desde su espaciosa habitación ¿Será que estos Haasting tienen verdaderamente la plata de mis antepasados? – pensó -.

/*\

Es sábado de carnaval, el mejor día, es el día de oro como dicen los güajiros. Son las cinco de la mañana cuando Bruno Haasting se levanta. Aún persiste la oscuridad de la noche. Ya la madre lo espera en la cocina con el desayuno preparado. Dos huevos fritos, café con leche y un jugo de guayaba. No se hablan. Se despiden en la oscuridad de la sala. Bruno sale por el callejón lateral bordeando una antigua mata de mangos biscochuelos, ya en la calle sube hasta la tienda La Campana en la esquina del parque y se detiene unos minutos, pues la visión de la resaca carnavalesca atrae su atención. Todavía grupos de personas se divierten en el centro de Antilla. Algún que otro borracho administra su resaca tambaleándose y gritando con sus interlocutores, borrachos también. La calle está llena de residuos: cajitas de comida, serpentinas, botellas de ron abandonadas en las raíces de los árboles, sombreros de papel. A lo lejos es posible escuchar la música de una orquesta que aún toca. Bruno continúa su camino y atraviesa el pueblo en dirección a su centro histórico y comercial: la Olla. Allí la fiesta no ha parado. Un gran grupo de La Habana: Pachito Alonso y sus Kinikini se ha entusiasmado y continúa tocando. Hay cientos de personas bailando en la Olla. Las parejas de bailadores, unas al lado de otras, efectúan las verónicas del casino. Bruno Haasting atraviesa la multitud en dirección a La Terminal de ómnibus. A las cinco y treinta debe salir el camión que viaja a Holguín. Es un Chevorolet particular cuyo dueño ha sabido conservar contra viento y marea. Bruno paga y se monta, pero antes le ha revisado las dos gomas delanteras y las mellizas al camión. Es una precaución necesaria, pues le llega el recuerdo de carnavales anteriores cuando de madrugada en la terminal de ómnibus de Holguín, mejor conocida por La Baliares, ha pagado y se ha subido en un camión hacia Antilla, para minutos después, sorprendido con los aullidos de la gente, descubrir con tristeza que está montado en un camión sin gomas.

No hay mucha gente porque es sábado y la fiesta continúa. Bruno lo sabe y por eso ha decidido que ése es el día para su secreta operación. El camión arranca despacio con la cuneta casi vacía. Algunas personas han ido a cogerlo. El aire del camino impactando fuerte en su rostro le quita el sueño.

Dos horas más tarde llega a Holguín. En su bolsillo lleva dos objetos idénticos para quien los mire desde lejos. Uno es un cubo de Rubik verdadero. El otro es una imagen o simulación del anterior. Más pequeño porque es un cubo de oro producto de la fundición de los doblones que su madre le entregara. Está pintado con idénticos colores para que observado a la distancia no levante sospechas. Abandona la terminal de ómnibus y coge una máquina hasta el parque Calixto García en el centro de Holguín. Muy cerca de allí vive el señor al cual Bruno pretende venderle la pieza de Rubik. Como todavía es temprano se sienta en el parque y manipula su cubo. El tiempo pasa.

Al cabo de un rato Bruno dobla por una calle lateral y camina unos cien metros. Se ha colocado un bigote postizo, una barba rala, una gorra de los Yanquis y las gafas Ryban de su tío Jesús. Camina hasta que encuentra una reja de cabillas pintada de rojo. Toca un timbre, la reja se abre y penetra.

/*\

Ilario y su mujer están atónitos. Él en su pequeño y clandestino taller ha raspado cuidadosamente el cubo de Rubik para retirarle la pintura. Es oro puro. Su experiencia le impide equivocarse. Lo sopesa entre sus manos y mira a los ojos de su mujer. Ella se pierde ante la personalidad del metal. No comentan nada. Ya le han pagado una extraordinaria suma al misterioso chico que lo trajo. El muchacho no ha querido quedarse unos minutos, ni ha dicho de dónde es. Ilario compra oro con frecuencia ya que su trabajo es derretirlo y transformarlo en cadenas, anillos y aretes; pero a pesar de eso nunca sus clientes se le aparecen con tanto del metal a la vez. Esto le preocupó y sin decirle nada a su mujer, al mediodía, salió para comprar unos productos al agro. En la placita de viandas encontró a su contacto de La Seguridad y sin muchos ademanes le relató la operación de compra-venta.

/*\

Lo bueno que tiene el trabajo de inteligencia, Capitán, – le dijo el Coronel Ambrosio al capitán Pérez – es que se parece al mar: todos los ríos desembocan en el[230]. Si se ha vendido por un misterioso personaje una buena pieza de oro a un negociante en Holguín – dijo en voz alta el Coronel – eso tiene algunas implicaciones que deberíamos delimitar lo más rápido posible.

Los dos oficiales permanecieron en silencio en cuanto pensaban.

- ¿Cuántos habitantes tiene Holguín, Capitán?

- Más o menos un millón. Respondió Pérez.

- Entonces ¿cómo iríamos a encontrar al vendedor si no lo cogemos en un nuevo acto de venta? Primer paso: si él vuelve a venderle a este nuestro hombre ya debemos estarlo esperando, y segundo: no podemos darnos el lujo de que vuelva a vender en otra provincia y no nos enteremos a tiempo ¿Ya Ilario hizo el retrato hablado de la persona?

- Sí señor. Es un hombre con barba rala y de un metro y ochenta más o menos.

- ¿Será que ese famoso oro vino de Antilla? Eso debemos descartarlo capitán. Averíguame si alguien de la familia Haasting ha salido de Antilla el día que tuvo lugar la venta ¿Fue el sábado no?

---

[230] Lo mismo pasa con el dinero.

- Sí Coronel, fue el sábado de carnaval.

- Porque si alguien lo vio salir temprano en la mañana en dirección a Holguín ya tenemos algo en nuestras manos.

- Voy a investigar eso.

Pérez se puso de pie y se marchó. El coronel Ambrosio se quedó pensativo. Ese oro en tales cantidades – meditó - si ha conseguido asustar a nuestro hombre, es porque viene de Antilla.

/*\

Pérez mandó a un antillano de su confianza para que conversara con el chofer del camión que hacía la ruta Antilla-Holguín.

Vaya usted a saber - le dijo el hijo del camionero al enviado de Pérez - ¿cuánta gente monta en este camión?, y un sábado de carnaval, ¡qué va!, ¿quién se acuerda de eso?

Ese mismo día el camionero, que era amigo del tío Jesús, entretanto almorzaban unos pescados fritos[231] en la casa de un amigo pescador, susurrándole al oído le dijo a Jesús:

- Están investigando a tu sobrino, a Bruno. La Fiana[232] le estuvo preguntando a mi hijo por él.

- ¿Sí? No me digas. Respondió Jesús dubitativo.

/*\

---

[231] Pargos con jugo de limón.
[232] La Policía.

Cuando dieron las dos de la tarde frente al quiosco La Campana en el sábado de carnaval ya el maceta, Alberto, había ocupado el último banco del parque. Ubicado frente a las obras de construcción de la iglesia, ese banco ocupaba una posición estratégica para las intenciones de Alberto. Ya que en el banco de enfrente un joven extranjero, cuya nacionalidad Alberto no conseguía discernir se fumaba calmamente un tabaco. En realidad el extranjero vigilaba al tío Jesús que estaba bebiendo en el quiosco, mientras que Alberto vigilaba al extranjero. Jesús se bebía unas cervezas con sus amigos en la calle de enfrente. El español tomaba nota mental de todo lo que acontecía en el quiosco y Alberto buscaba una manera de descifrar la mecánica colocada ante sus ojos.

Para el maceta no fue difícil percibir la tenue insistencia con que eran observados los movimientos de Jesús, ni pasó desapercibido para él como al Jesús retirarse rápidamente el extranjero desapareció. Al igual que una diminuta bacteria unicelular Alberto respondió al estímulo: aquel extranjero podría ser considerado como un cliente potencial. De alguna forma su instinto le decía: ese señor te compra el documento. Y como tantas veces Alberto se sintió feliz.

/*\

Φ[233]

De todos sus alumnos, Juanito era el más aventajado. Desde sus primeros años en la universidad se había desempeñado como alumno ayudante de Bruno Haasting. No he podido descubrir cómo ni cuándo La Seguridad lo reclutó. Ni siquiera los motivos que llevaron a Juanito en su desenfrenada aventura a traicionar al profesor que tanto le había enseñado. Pero como dice la leyenda, así de tortuosos son los senderos del espionaje. Gracias a la eficiente labor de su propio discípulo el órgano de inteligencia pudo estar al tanto de los preparativos del profesor con vista a publicar su modelo matemático del huracán. Bruno había dedicado medio año a redactar el documento. Metódicamente fue tecleando cada una de sus partes hasta finalizarlo. Cuando cansado de tanto cavilar se sintió satisfecho y hastiado de modificarlo, decidió someterlo definitivamente a la consideración de una revista extranjera.

El Coronel Ambrosio, estando al tanto de los progresos y las intenciones del profesor, cuando se vio ante la inminencia de que la situación se le escapase de las manos, decidió actuar.

- De todas las variantes que hemos analizado para impedir esa publicación, me parece que esta última es la mejor.

Le dijo al Capitán Pérez mientras conversaban en su oficina.

---

[233] Número áureo: 1,61........

- Vamos a interceptarle el artículo. Es muy simple: que nuestros chicos de la sección cibernética creen un sitio exactamente igual al de la revista y con todas las variantes y situaciones posibles. De suerte que cuando nuestro catedrático someta su artículo seamos nosotros y no la revistilla inglesa quienes lo recibamos.

El Capitán Pérez cambió incómodamente de posición en su asiento.

- ¿Usted cree Coronel que va a ser fácil engañar al profesor? ¿me parece que no es un trabajo fácil sincronizar ese momento?

- Yo sé que no es fácil. En nuestro trabajo nada es fácil. Pero nuestros cibernéticos van a lograrlo. Solamente necesitamos saber el exacto momento en que Bruno Haasting vaya a someter su artículo. Y para eso tenemos a nuestro agente Juanito.

- Según Juanito el documento está listo – dijo el Capitán-.

- Encárgate de organizarlo todo capitán. No quiero fallas. Lo que te haga falta puedes pedírmelo que haré lo posible por garantizártelo, pero no podemos permitir que esta idea se nos escape ante nuestras propias narices. Él no tiene cómo darse cuenta si no cometemos errores, y por otro lado no podemos pedirle directamente que abandone la idea de publicar su trabajo. Esto le llamaría la atención. Lo haría pensar. Y estos hombres de ciencia cuando piensan casi siempre se transforman en problemas. Dejémosle que deposite su artículo en nuestra red interna y ganemos tiempo mientras sea posible.

- ¿De cuánto tiempo estamos hablando? - preguntó el Capitán -.

- No podría decirte, pero he estado averiguando y esas publicaciones se pueden tardar años…

- Ahhh, - respondió el Capitán Pérez -.

Los oficiales se saludaron con un apretón de manos. La reunión había terminado.

/*\

La Seguridad le había encomendado una tarea dificilísima a Juanito: descubrir el día y la hora en que el profesor Bruno Haasting pretendía someter su artículo científico a la revista extranjera ¿Cómo voy a poder descubrir eso? - le dijo Juanito a su controlador -.

- Tienes que idear un modo. Le respondió el oficial.

Estas misiones de espionaje no son fáciles – pensó Juanito -. Al tercer día de pensamientos infructuosos e ideas fallidas al nacer, Juanito encontró lo que buscaba:

- Profesor – le dijo Juanito a Bruno Haasting -, me gustaría ver con mis propios ojos el proceso en el cual usted somete a la revista su artículo. Nunca he tenido esa oportunidad y quizás me sea útil en el futuro.

Bruno lo miró con buenos ojos y le dijo.

- Pienso hacerlo el sábado en la mañana, si vienes a La Universidad te puedo mostrar como funciona el proceso. Y sinceramente creo que sí te será útil en el futuro cuando quieras publicar tus propias ideas.

- Está bien ¿a las diez más o menos? – preguntó Juanito -.

- A las diez te espero en mi sala.

Juanito casi sale corriendo y pisotea a Bruno. Bajó las rampas de la rectoría y corriendo abandonó la Universidad. Se tomó un batido de zapote frente al centro universitario y abordó un taxi. Ya dentro le indicó al motorista:

- Me lleva a Versalles, por favor.

/*\

Alberto ya se había roto el coco pensando en cómo venderle el documento en su poder al personaje que había sorprendido espiando a Jesús Haasting. Al parecer el extranjero trabajaba en el Cayo Obispo y visitaba Antilla con determinada frecuencia. Pero acercarse a un extranjero podría resultarle difícil y llamar la atención de las autoridades. Suficientes problemas ya cargaba sobre sus hombros con el negocio de la bolita para además complicarse con un nuevo asunto ante los ojos del gobierno. Necesitaba proceder con cautela. Esperar la ocasión, el momento propicio de actuar.

La oportunidad se le presentó cuando descubrió que el personaje en sus visitas al pueblo se refugiaba en la casa de una antillana amiga suya.

- Tengo algo interesante para tu hombre – le dijo a su amiga una mañana que se encontraron en el pueblo -.

- ¿Sí?

- Y el veinte por ciento del negocito es tuyo.

La chica lo miró interesadamente y le dijo:

- En la próxima que me visite te lo presento.

/*\

Sentado en una mesa cubierta por un mantel blanco e impecablemente servido con un enchilado de camarones, el curador disfrutaba del almuerzo junto a su ayudante. Cada hombre devoraba su manjar con excelente apetito. Ya el viejito había tomado conocimiento del documento de la compra y aunque lo examinara con anterioridad, sólo pudo hacerlo superficialmente.

- Entonces ese tal de William Haasting le compró estas tierras al gobierno español. Y nada más y nada menos que en el periodo colonial – dijo el curador - ¿Cuánto te costó esa copia?

- Mil dólares, señor.

- Joder, esta gente se vende caro.

- No tuve otra salida, el hombre no quiso negociar por nada del mundo – dijo el ayudante -.

- Voy a estudiar este documento con calma. Ya el lugar comienza a hablar. Mañana será otro día.

El viejito se quedó solo. William Haasting sencillamente nos jodió hace cuatrocientos años – se dijo -; este misterioso caballero de alguna forma se apoderó del galeón y ahora, precisamente ahora, en este remoto lugar lo venimos a saber. ¿Por qué no lo hemos sabido antes?

Acto seguido el viejito levantó el auricular e hizo una larga llamada a España.

/*\

El sábado por la mañana Bruno llegó temprano a La Universidad de Oriente. Como de costumbre caminó el trecho que media entre la plaza de Martes y Quintero. Era un camino largo, pero al mismo tiempo cargado de historia[234]. Minutos después de su llegada tocaron a la puerta de su sala y era Juanito. Al profesor le pareció extraña la premura con que su alumno llegó, pero al final su pensamiento ágil no tuvo tiempo para detenerse en tales nimiedades.

Dos horas después el profesor estaba feliz. La Internet se había comportado maravillosamente; había logrado finalmente someter su artículo a una flamante revista inglesa[235] y al mismo tiempo pudo explicarle a su aventajado alumno con lujos de detalles cada etapa de la publicación.

Cuando se despidieron profesor y alumno, Juanito también irradiaba alegría. La operación terminó siendo un éxito y él seguramente ganaría una condecoración. El trabajo del profesor descansaba en buenas manos gracias a su labor. El aparato no iba a tener otra alternativa que reconocerlo.

La noche anterior el capitán Pérez la dedicó completa a deambular por las habitaciones aledañas a la sala de Bruno Haasting. El grupo operativo contaba con unas pocas horas para aplicarle la técnica al profesor. En el laboratorio de al lado colocaron varias computadoras donde los cibernéticos harían correr la máscara de la revista inglesa. Los especialistas de La Seguridad amanecieron probando las alternativas y garantizando que la eventual sutileza académica del científico no diera al traste con la operación.

---

[234] Bordea al cuartel Moncada.
[235] JFM: Journal Fluid Mechanics.

Todo salió a pedir de boca – le comunicó el Capitán Pérez al Coronel Ambrosio mientras almorzaban en Versalles -. Ese Juanito tiene fibra y se merece una medalla.

El documento digital del profesor descansaba momentáneamente en una máquina a buen resguardo en el cuartel general de Versalles en Santiago de Cuba. Aunque el coronel bien sabía que no disponía de mucho tiempo antes de que Bruno descubriese la trampa, en el futuro ya encontraría una forma de prolongar la cuarentena.

Juanito fue condecorado en silencio. Un acto emotivo al decir de todos. Recibió su medalla con la mayor emoción y hasta dijo unas palabras fervorosas cuando se lo pidieron.

Al capitán Pérez, como otras tantas veces, le llamó la atención este misterio más de la naturaleza humana de que una persona escupa en el plato en que come.

/*\

e

Todo el mundo sabe en los remotos municipios circundantes de la gran bahía de Nipe que el momento más propicio para salir a la busca de tesoros submarinos es inmediatamente después del paso de un huracán. El meteoro con la fuerza de sus vientos revuelve el fondo marino de modo que saca a relucir capas de antaño. Los arcaicos pecios, sepultados por sucesivas camadas de sedimento o dominados por el coral, en ocasiones aparecen de nuevo ante los asustados ojos del pescador submarino.

Leonel le disparó a la Cherna a una profundidad de tres postes de luz. La varilla metálica le entró por la parte superior de la cabeza de tal forma que el pez se retorció por una fracción de minuto hasta que quedó inmóvil. Era una Cherna grande. Leonel se aproximó del animal muerto en el fondo marino. En la superficie flotaba su boya cargada de trofeos. Miró su reloj. Eran las tres de la tarde. Desde el inicio de la mañana estaba pescando. Ya era hora de marcharse. Leonel sabía muy bien, debido a su experiencia de pescador solitario, que iba a arrastrar su boya cargada de pescado hasta el arrecife, y después una vez más hasta la playa.

Entonces finalmente decidió marcharse. Le costó hacerlo porque aquel día, un día después del paso del huracán Ike por aquella región, la pesca estaba inigualable. Acomodó la cherna junto a los otros peces en el flotante y comenzó a nadar llevando su carga en dirección al arrecife. Llevaba algunos minutos en su camino de vuelta cuando apareció un tiburón.

Leonel ya había tenido incontables encuentros con tiburones en la costa antillana, pero algo le decía que éste era diferente o por lo menos más grande, oceánico, fuerte si lo comparaba a las criaturas que él había sorteado en otros encuentros. El animal se le aproximó y sin pensarlo dos veces le fue encima al bulto de peces que con tanta saña Leonel había capturado en su intervalo de pesca. De una mordida partió la cherna en dos y sumergió con su fuerza la baliza con el resto de los peces. Leonel bajó buscando el fondo marino y armó su escopeta de liga. Un viejo lema entre pescadores le rezaba en su oído: si lo dejas que se coma tu pesca, después te come a ti.

Nadó suavemente en dirección al flotante en cuanto observaba como el Alecrín se aproximaba en dirección al cargamento de peces. Cuando el animal mordió una vez más el bulto ya deforme de pescados y comenzó a retorcerse en su descomunal mordida, Leonel le aproximó la escopeta por debajo y disparó. La varilla le entró al tiburón justo entre las aletas pectorales y el animal dio un brinco en el agua como si se acordara de algo. El Alecrín, sintiéndose herido de muerte, se lanzó a correr hacia la profundidad llevando consigo a Leonel que se negaba a perder su escopeta. Aferrado a su arma de pesca submarina, Leonel descendió algunos metros llevado por el tiburón. Atravesó un farallón que nunca había visto, al tiempo que sentía como el animal perdía fuerzas en su descenso. Cuando finalmente el tiburón exhausto se rindió y murió en el fondo marino, Leonel llegó para recuperar su varilla y su escopeta. Preferiría morir que dejármelas arrebatar por uno como tú – pensó -. Subió despacio hasta la superficie para tomar un poco de aire y descendió de nuevo. La varilla había penetrado mucho en el inmenso cuerpo del escualo y Leonel decidió abandonarla. Cortó el sedal que la unía a la escopeta y giró en el fondo marino para retomar el camino del arrecife.

Fue en ese momento que sus ojos atónitos descubrieron al galeón. Justo detrás del farallón por donde lo había conducido el escualo, una silueta de proa salía majestuosa de la arena. Leonel salió a la superficie para contener el aliento. Miró a lo lejos la línea costera y pensó con tristeza en su carga perdida y arrastrada por la corriente. Pero la alegría del hallazgo le inculcaba un placer inaudito. Bajó de nuevo directamente hacia el galeón. Estaba intacto. Una fuerza sobrenatural – pensó – te ha devuelto a la superficie de arena. Nadó sobre su cubierta buscando una escotilla. Nadó, nadó y nadó hasta casi el oscurecer, cuando ya exhausto decidió regresar no sin antes marcar el lugar gracias a dos líneas de referencias costeras.

/*\

En los días subsiguientes a su hallazgo Leonel continuó con la exploración del galeón. Preparó un tanque de plástico cortado a la mitad con un orificio en el fondo de tal forma que colocada una manguera en dicho orificio le sirviese de esnocle. Cuando bajaba al encuentro del galeón la manguera permanecía amarrada a uno de sus lados, permitiéndole respirar sin subir a la superficie. Al segundo día descubrió una entrada diminuta en uno de sus costados de popa. Por allí consiguió entrar. Arrastrando la manguera en la oscuridad de la nave el pescador submarino, con sumo cuidado, comenzó a reconocer los camarotes interiores del barco hundido. En la superficie el tanque flotaba al compás de las ondas permitiéndole al pescador respirar[236].

Al quinto día ya Leonel había investigado el barco entero y para pesar suyo no había encontrado nada de valor en su interior. Estaba limpio. Como si hubiese sido hundido despojado de sus tesoros – se dijo mientras flotaba en las calmas aguas frente al Cayo Saetía -. Pero para Leonel aquel galeón y él no se habían encontrado por gusto. Algo de valor se escondería dentro de la nave – pensó – y decidió retornar un último día al secreto lugar donde reposaba la nave.

Ese día Leonel se concentró en los camarotes del castillo de popa, aquellos que deberían pertenecer a los oficiales y al capitán. La oscuridad y los sedimentos dificultaban sus movimientos; palpaba las paredes con sus manos buscando escondrijos. Casi que al mediodía, cuando el sol golpeaba fuerte sobre la superficie, Leonel sintió al mover una pesada mesa en el último camarote que su pie derecho rozaba un gozne sobresaliente en el piso. Bajó sus manos y haló con todas sus fuerzas. Una especie de escotilla cedió y se abrió. El nadador introdujo su mano derecha y palpó en su interior. Al retirarla la trajo llenas de unas conchas oscuras que depositó suavemente en un bolsito plástico colgado en su cintura. Amarró bien la manguera y subió a la

[236] Los especialistas en pesca submarina me han criticado abundantemente esta escena. Ellos argumentan que es imposible físicamente explorar el Galeón de esta manera. Como respuesta a su inteligente objeción yo los invito a que busquen un tanque de oxígeno en la bahía de Nipe, con el singular propósito de tornarse ricos para siempre.

superficie. Inmediatamente nadó hasta el arrecife. Allí descansó un poco para después seguir hasta la playa.

Cuando Leonel llegó a su casa de horcones sobre el mar en Antilla se trancó en su cuarto. No quería que nadie lo molestara le había dicho a su mujer. Con un viejo cuchillo de mesa les fue quitando la costra a cada una de las ostras que había retirado del galeón. Pacientemente las limpió una por una hasta dejarlas desnudas en su superficie de metal. Eran tres bellas monedas: dos de oro y una de plata. Las contempló en silencio en la soledad de su cuarto por alrededor de una hora. Las hizo trepidar entre sus dedos hasta cansarse del sonido que emitían; se las trocaba de manos mientras pensaba descansando en su cama. Afuera su mujer impaciente le rogaba por entrar. Cuando su esposa entró ya él reposaba dormido con los brazos cruzados bajo la nuca. A su lado una pirámide formada por tres grandes monedas acaparó el mirar impaciente de la señora.

Durante varios días Leonel estuvo sacándole la carga secreta al galeón. Lo que a él le pareció una pequeña hendidura con el pasar de los días se transformó en un falso piso donde encontró todo tipo de objeto de las más diversas morfologías y siempre cubiertos de una especie de lodo submarino. Como no podía extraerlo todo de un viaje, los iba escondiendo en lugares bien escogidos de la costa antillana. El buen tiempo, milagrosamente, persistió por dos largas semanas, permitiéndole al pescador extraer su trofeo. A pesar de todo le parecía mentira tanta suerte, así como la escasez de intrusos en aquellas aguas. Pero el huracán al parecer los tenía ocupado por otros lares – pensaba Leonel -.

Un buen día terminó su faena. Cansado regresó a casa con sus manos vacías. El escondrijo estaba limpio y ahora sí a su modo de ver ya el galeón no se reservaba nada. Bajo su cama tenía algunas cajas de cartón llenas de monedas. Y en todo el litoral una pléyade de sepulturas atesoraban múltiples objetos. Leonel sospechaba que ahora era rico, pero en su fuero interno de hombre simple también sabía que se avecinaba la etapa más difícil, pues qué iba él a hacer con aquellas monedas para transformarlas en dinero.

- Véndelas. Le dijo su mujer.

- Pero a quién, mujer. Respondió él.

/*\

5

Guiado por instrucciones llegadas desde la Capital el Coronel Ambrosio construyó un laboratorio. En un viejo sótano, inutilizado hacía años y aledaño a las dependencias del departamento de física de La Universidad de Oriente, colocaron las computadoras. Veloces y avanzadas, tal y como le dijera el comprador al coronel el día de la instalación.

El local al cual se llegaba por una antigua escalera fue remozado completo y dotado de una consola central para el suministro del aire acondicionado. Poderosos vidrios constituían su fachada de entrada. Una puerta cristalina en cuyo centro podía leerse "Núcleo de Computación Avanzada" le cortaba el camino al curioso visitante.

En su interior poseía de lo más moderno existente en el mercado de computación mundial. Un elegante cluster con algunos cientos de computadoras formaba el núcleo de cálculo del centro. Al final quedaban las oficinas de los investigadores. Un matemático profesional, dos físicos, dos meteorólogos y Juanito formaban la plantilla oficial del grupo. Su misión consistía en implantar el modelo reducido de Bruno Haasting y deducir, a partir de los experimentos numéricos que fuesen capaces de realizar con el modelo, una solución práctica para actuar sobre un hipotético huracán.

Al mismo tiempo Juanito continuaba interactuando con el profesor Bruno Haasting por si las moscas, y así mantener al tanto al equipo de investigaciones, ultra secreto, de los nuevos avances que la intranquila mente de Bruno pudiese acometer.

Después de una interminable discusión entre los niveles superiores e intermedios de La Seguridad, se había decidido excluir al profesor Haasting de participar directamente en la actividad del centro de investigaciones. Al parecer de la inteligencia el profesor no poseía una consistencia ideológica adecuada como para confiarle un proyecto que le pertenecía por derecho.

- ¿Y si el hombre se nos va para el extranjero? o tiene verdaderamente alguna implicación en el asunto del tesoro de sus antepasados.

Bruno Haasting no era confiable a los ojos de las autoridades. Este detalle lo excluía de su propio proyecto. Pero al mismo tiempo sus ideas eran importantes y el matemático habanero había defendido la idea de mantener el nexo con Juanito. Lo que hacía del profesor un colaborador clandestino del centro. Juanito servía de enlace entre los dos matemáticos. Tomaba cuanto comentario se le escapase a Bruno Haasting respecto a sus estudios de la dinámica del huracán y se los hacía llegar al matemático habanero. Éste los analizaba detenidamente con su equipo de físicos y meteorólogos por si podría aplicarse en la búsqueda de una solución práctica.

Con esta dinámica comenzaron las actividades del clandestino centro de investigación sobre la verdadera naturaleza matemática de los huracanes. En las narices del profesor Bruno Haasting, y gracias a sus pioneros trabajos matemáticos, una nueva y secreta estructura emergió en la Universidad de Oriente.

A Juanito se le había prohibido visitar las dependencias del centro. Bajo ningún pretexto podía presentarse por allí. Su labor era de campo, y precisamente junto al profesor Haasting. De otro modo se corría el riesgo de comprometer la importante tarea que desarrollaba el centro ¿Acaso el profesor no podría seguirlo?

/*\

- ¿Cómo no hemos sabido de este documento antes?

Le preguntó el curador a su escudero. El viejo caminaba por su suite como un león en el interior de su jaula circense. El joven se encogió de hombros como quien dice: nada puedo explicar al respecto.

- Este pirata le compró estas tierras al gobierno español y nuestros antepasados ni lo han notado. Esto parece de película.

El hombre se dejó caer en un inmenso diván en forma de cama. El silencio dominó la habitación. Los dos hombres se miraban perplejos ante algo que no conseguían explicarse.

- No cabe dudas, el cargamento está aquí. De eso estoy seguro. Ahora…

Mientras pensaba el anciano se frotaba la barbilla con su mano derecha. La habitación giraba. En medio del mar de Nipe estos señores disfrutaban de un panorama paradisíaco. Las partes de la bahía se sucedían en un desfile de tierras y municipios incomprensible para los ojos mundanos. El viento del mar luchaba por traspasar el amianto carmesí de las colosales ventanas. El viejo miró fijamente a los ojos a su interlocutor y como que haciendo una mueca en su rostro le dijo:

- El tesoro está aquí, y es muy probable que exista un guardián en estas tierras. Es así que funciona, infelizmente…Siempre ha sido así y será.

- ¿Entonces, cómo comenzamos? Preguntó su ayudante.

- Vamos a hacer como hacen los médicos con las enfermedades. Comencemos por descartar lo peor. Debemos descartar a los Haasting como los posibles guardianes del tesoro. Si alguien lo conserva, deben ser estas personas. De lo contrario, recomenzamos la búsqueda. Pero primero ellos. Puedes comenzar con el plan. Lo quiero todo sobre esta gente, hombre…todo, por Dios, que no se te escape nada. Es una orden.

- Así será.

El ayudante se puso de pie y se marchó. No había nada más que decir, la orden había sido dada. A partir de aquí la cofradía daba su primer paso en dirección a la familia Haasting. Al viejo ya no le quedaban dudas: había un elegido entre estas personas que dominaba el secreto.

¿Quién?

/*\

Hacía un mes que Leonel dormía con una fortuna en monedas de oro y plata debajo de su cama. Ya las insistencias de su mujer comenzaban a importunarlo.

- ¿Por qué no las vendes de una vez? Le decía a cada rato.

Pero a pesar de ser un hombre sencillo, Leonel no era estúpido y algo en su interior lo aconsejaba a pensar y planificar lo mejor posible la operación de venta. En aquel recóndito municipio donde había nacido no iba a ser fácil para él mantenerse al margen por mucho tiempo una vez que las monedas salieran de sus manos ¿Qué hacer? ¿cómo venderlas sin levantar sospechas? se preguntaba todas mañanas.

La idea de la venta le llegó un lindo día de nubes blancas cuando divisó en el medio de la bahía la entrada de un buque mercante al puerto. Era un barco griego de gran tonelaje cargado de trigo para el molino de Antilla. Lo mejor – se dijo – será vendérselas al capitán. En los nueve días siguientes que el barco permaneció en el puerto Leonel no pudo, por mucho que lo intentó, aproximarse a algún marinero griego. La vigilancia estatal sobre los tripulantes era tan eficiente que impedía a los particulares aproximarse de los marineros. Entonces, fue cuando decidió abordar el barco el día de su salida.

Normalmente en Antilla es un dato de dominio público la fecha de llegada y de salida de los barcos. El pueblo juega imaginariamente con esos datos como si formase parte de algo que les pertenece por derecho. De suerte que Leonel supo el día y la hora en que el barco mercante zarparía de Antilla.

Esa noche caminó por la línea del tren hasta una playita situada después del cabaret más famoso de Antilla, El Náutico, conocida por los antillanos como El Bañito, y siendo éste el punto más cercano del puerto, desde allí se lanzó al mar. En su cintura llevaba un cinto de cuero repleto de monedas de oro puro. Nadó lo más rápido que pudo hasta el espigón donde el barco permanecía atracado en espera del momento de zarpar. Desde el mar no tenía una idea clara de cómo abordarlo, pero su idea primigenia estaba asociada al ancla. Por allí pretendía subir. Se aproximó al barco a grandes brazadas y con cuidado para que los marineros que trabajaban en cubierta no pudiesen descubrirlo. El buque ya había arrancado los motores de popa y Leonel sintió la corriente que estos propiciaban en la superficie. Sabía que era peligroso dejarse llevar. Entonces, divisó las mangueras. Por algún motivo desconocido para él, próximo a proa unas mangueras expulsaban agua desde el barco y caían por su casco lateral. Leonel no lo pensó dos veces, se aproximó de la que consideró la más gruesa y comenzó la escalada. Exhausto llegó a la cubierta. Esperó unos minutos hasta que pudo tener el control visual de sus alrededores. Algunos marineros trabajaban muy cerca de donde quedaban las mangueras. El nuevo polizonte esperó su momento y se escondió debajo de una escalera oscura de metal. Allí estaba más seguro. La oscuridad de la noche y lo inesperado de su proceder lo protegieron de miradas furtivas. Desde su escondrijo pudo sentir los pitazos de despedida y el levar de anclas como un marinero más; el levitar de la nave al separarse del puerto; las maniobras de los remolcadores empujando la mole de acero hacia la profundidad del canal.

/*\

Cuando el capitán griego que comandaba el mercante, hombre de grandes bigotes, pelo blanco y pipa en su boca, le trasmitió el mando al práctico para la salida de la bahía, decidió ir a buscar sus espejuelos al camarote. Bajó las escaleras contiguas al puente de mando y siguió un estrecho pasillo en cuyo final estaba su camarote. Le llamó la atención un rastro de agua en el piso a medida que avanzaba por el corredor. Cuando entró a su camarote y cerró la puerta su sorpresa fue total. Sentado en una de sus sillas había un hombre joven, fuerte y robusto, todo empapado de agua. En buen español éste le dijo:

- Tranquilo capitán. He venido para hacer un negocio.

Y acto seguido le señaló para la mesa de trabajo donde una pirámide imperfecta de monedas se erguía en su centro. El capitán se aproximó despacio hacia la mesa y tomó una moneda. La mordió cuidadosamente entre sus dientes hasta dejar su marca en ella. Sin hacer ningún movimiento brusco que asustase a su inesperado visitante abrió una vitrina donde tenía algunas botellas de buen Whisky. Colocó dos vasos sobre la mesa y cerró la puerta del camarote por dentro. Sirvió dos dosis e hizo un además de cabeza para que Leonel mismo tomara su vaso. Los hombres brindaron.

- ¿Cuánto quieres por tus monedas? Le preguntó el capitán.

- Lo que usted me dé por ellas.

- Me parece que ellas valen mucho más de lo que puedo darte en estos momentos.

- Puede ser, pero…

- No encuentras mejor comprador. Le dijo el griego.

- Eso mismo. Respondió Leonel.

/*\

Un marinero del mercante griego acompañó al práctico hasta la escalera de gato. El hombre bajó despacio los escalones basculantes y abajo lo esperaba su bote. Cuando el bote del práctico se separó del barco en la boca de la bahía y retornó rumbo a Antilla, este marinero que caminaba despreocupado por cubierta se percató de algo extraño allá en popa. Dos hombres se despedían amistosamente y uno de ellos en un acto inesperado y suicida saltaba al mar. El marinero corrió como un loco en la dirección de popa. Cuando llegó, segundos después, allí estaba su capitán con una sonrisa en los labios.

- ¿Qué ha pasado capitán?

- Nada.

- ¿Nada? Y el hombre que saltó al agua.

- ¿Qué hombre?

- Lo he visto. Me pareció que alguien saltó al mar después de despedirse de usted.

El capitán lo miró como se mira a un ser querido y le dijo dándole unas palmadas en el hombro.

- Estás viendo fantasmas marinero.

Y se marchó. Dejando al marinero solitario en popa escrutando la oscuridad del mar.

/*\

6

El inicio del día había sido como de costumbre en la CADECA[237] de Antilla. Unas pocas personas esperaban afuera para cambiar sus divisas. Ubicada en la calle principal la oficina de cambio era pequeña si se comparaba con otras, pero se adecuaba con exactitud a las necesidades del pueblo. Dos muchachas jóvenes les cambiaban el dinero a los interesados escondidas detrás de un gabinete de vidrio.

A pesar de la tranquilidad en que habían transcurrido las primeras horas del día todo se complicó cuando una señora joven y bonita se apareció con la pequeña suma de cinco mil dólares americanos y exigió el cambio. Cada billete fue analizado cuidadosamente, pero para sorpresa de las funcionarias, no eran falsos. Se realizó la operación un poco más lenta que de costumbre debido, principalmente, a las medidas de precaución adoptadas en la manipulación de la divisa. La mujer se retiró contenta acompañada de algunos familiares y por lo que allí se comentó entre las empleadas de la casa con seguridad se dirigiría hacia la Shopping.

Cuando la mujer de Leonel y sus hijos que la acompañaban entraron a la Shopping de Antilla, nadie pudo imaginar lo que aquella señora, pretendía comprar. Dos refrigeradores, dos televisores modernos, una lavadora, y cuantos objetos de primera necesidad encontraron a su alcance. Las personas dentro de la tienda observaban admirados la capacidad de compra de aquella familia.

- Se lleva la tienda. Murmuraban entre sí.

---

[237] Casa de cambio.

En las afueras del inmueble los esperaba un viejo carretón de dos ruedas y un escuálido rocinante. Cuando estuvo lleno hasta el tope, la mujer y sus hijos lo acompañaron a pie, como que escoltándolo por las calles de Antilla en dirección a su casita en la orilla del mar. El caballo avanzaba despacio permitiéndole al mismo tiempo a los curiosos, que se aglomeraban a su paso, un examen detallado de la carga. Muchos caminaban al unísono hipnotizados por el tumulto de objetos extranjeros dentro del carretón.

Leonel y algunos amigos pescadores esperaban en casa para ayudar con la descarga. Por mucho que le había pedido a su mujer que no lo comprara todo de un golpe, de nada había servido. Su señora era así y no tenía remedio. Cuando llegó a la tienda perdió el sentido de la realidad y hasta que no llenó el carretón no paró.

/*\

La noticia le llegó al coronel Ambrosio por dos canales: el de CADECA y el de la Shopping.

1. "La mujer de un pescador vació la Shopping de Antilla"

2. "La señora de un pescador ha cambiado hoy cinco mil dólares americanos de un palo"

El coronel se frotó las manos intensamente en su buró y lo dispuso todo para que le hicieran llegar lo más rápido posible ante sus ojos la biografía detallada de tal personaje del mar.

En el pueblo la noticia duró siete días y siete noches. Muchas versiones se manejaron entre la gente. Unos atribuyeron el dinero a una misteriosa e inexplicable remesa recibida por la mujer de Leonel desde Los Estados Unidos de América; otros, los más agudos, rápidamente imaginaron que Leonel bien podría haber encontrado alguna tajada del misterioso tesoro de los Haasting. Y estos comentarios de alguna forma, también, se apilaron sobre la mesa repleta de papeles del coronel Ambrosio.

Cuando finalmente el coronel tuvo entre sus manos el expediente de Leonel, no encontró allí ningún indicio que le apuntara a los vecinos del norte. Este pescador no poseía ningún familiar allegado en aquel país, ni su mujer podía permitirse el mismo lujo. Toda su familia estaba en Cuba. Ascendientes y descendientes. Todos.

Caso raro, pero útil para sus mecanismos mentales, el coronel intuyó que ese dinero nunca podría ser atribuido a una remesa y por ende pidió a sus subordinados una especie de guardia cosaca alrededor del pescador submarino. No lo interrumpan, pero obsérvenlo. Vamos a descubrir cuáles señales emite este hombre.

/*\

Pero no solo La Seguridad estuvo al tanto del famoso carretón cargado de artículos domésticos. Otro ojo entrenado por el oficio dirigió su mirada hacia Leonel: Alberto, el maceta.

Este hombre, cuya capacidad analítica para ganar dinero en condiciones hostiles o riesgosas era proverbial por aquellas tierras, rápidamente comprendió que algo se traía Leonel entre manos. Tomándole la delantera al pescador furtivo, se le apareció un domingo inesperadamente en su casa cuando sabía de antemano que Leonel estaba solo.

- Buenas tardes, mi amigo. Le saludó mientras entraba en la casita sobre el mar.

- Buenas, que se le trae. Le respondió Leonel.

Alberto se sentó en uno de los balances disponibles en la estrecha sala. Sin que a Leonel le diera tiempo a decir nada, del interior de su camisa Alberto fue sacando mazos de billetes y los fue depositando encima de una mesita que estaba entre los dos hombres.

- Quiero que me des algo por cada uno de estos mazos.

- ¿Cómo sabes que tengo algo para darte? Le respondió Leonel mientras lo miraba sorprendido.

- Me imagino. Tú sabes que yo tengo cabeza. Respondió Alberto.

Los hombres se quedaron mirándose unos minutos. El mar batía con insistencia contra los viejos horcones de la casa.

- Te voy a dar una moneda por cada mazo.

- ¿De oro? Preguntó Alberto.

- De oro por los mazos con billetes de cien, y de plata por los mazos con billetes de veinte.

- Está bien. Respondió Alberto.

El trato fue cumplido minutos después y con ello las primeras monedas del viejo galeón hicieron entrada en el tumultuoso universo comercial del municipio de Antilla.

/*\

7

Lo primero que pensó Alberto cuando se vio con el juego de monedas en sus manos fue vendérselas a su contacto de El Cayo Obispo Hotel ¿Quién mejor que un extranjero para comprarlas? Horas después le hizo saber la nueva a su amiga.

- Dile a tu hombre que prepare más mil dólares, pues le tengo una sorpresa.

De este modo llegaron dos ejemplares numismáticos a las manos del curador.

- Nada más y nada menos que acuñadas en el Virreinato de Perú. Le comentó entusiasmado el viejo a su ayudante mientras almorzaban unos camarones a la plancha en su hotel.

- Si te han costado mil dólares has hecho un buen negocio porque valen más…Quizás dos mil euros vendiéndolas a la persona adecuada en Europa.

- Eso imaginé. Respondió el hombre.

- Sería importante descubrir a la fuente. Y ése, el amigo de tu amiga, debe saber muy bien quién le pasó las monedas.

- Eso pensé. Me ha dicho mi amiga que ha viajado a Holguín por unos días, que apenas regrese me lo dirá.

- Vamos a tener que presionarlo un poco para que nos diga, pero con sumo cuidado y sin que pueda percatarse de dónde viene la presión. Hazte pasar por extraño.

El almuerzo culminó minutos después y ambos señores se retiraron a sus habitaciones dentro del hotel.

/*\

La Seguridad no le perdió pie ni pisada al maceta Alberto en la ciudad de Holguín. A partir del contacto que había tenido con el pescador Leonel, lo siguieron hasta su casa y allí le montaron vigilancia toda la noche. Alberto dio una salida rápida por la noche para encontrarse con su amiga, la del español. Estuvo unos minutos en aquella casa y así quedó registrado ante la mesa del coronel.

Temprano en la mañana cogió el camión hacia Holguín en la terminal de ómnibus. Cuando llegó a la capital provincial, una parejita prevenida de agentes lo siguió por la ciudad. A buena distancia, como manda el protocolo, los dos jóvenes seguían cada paso del maceta. En el intervalo de dos o tres cuadras las parejas se intercambiaban y nuevos agentes tomaban el mando de la persecución.

Alberto había tomado sus precauciones, de modo que pasó varias veces frente a la casa que pretendía visitar. Pero desafortunadamente para él no contaba con preparación en ese campo, y no pudo darse cuenta a tiempo de que estaba siendo vigilado. A la tercera y última se encaminó directamente a la casa de un amigo suyo, otro maceta, uno de los hombres más adinerados de Holguín.

En el exacto momento en que pretendió tocar el timbre fue detenido. Dos hombres fornidos lo redujeron a la obediencia y, ante las presencias atónitas de varios transeúntes, lo metieron a la fuerza en un Lada de puertas abiertas que lo esperaba al otro lado de la calle. El carro arrancó con estruendo rumbo a una casa preparada para los interrogatorios de la inteligencia.

Cuando revisaron sus pertenencias descubrieron entre ellas tres monedas de puro oro y dos de plata. Todas, al decir de un especialista, de la época de la Colonia. Al mismo tiempo en que estas cosas le acontecían al maceta antillano, el Coronel Ambrosio dio la orden de detener al pescador Leonel en Antilla. Un gran operativo de agentes se personó en la casa del pescador, pero cual no fue su sorpresa al descubrir el desconsuelo de su mujer cuando les confirmó que desde la noche anterior Leonel había desaparecido. Según su mujer unas personas que ella no conocía vinieron a visitarlo tarde en la noche y Leonel se vistió para salir con ellas. Nunca regresó.

Durante todo el día las fuerzas del orden buscaron al pescador por todo el municipio. Tierra, mar y aire fue removido para encontrarlo, pero como dicen por aquellos lugares: a Leonel se lo había tragado la tierra.

/*\

A Alberto no hubo que presionarlo mucho para que cooperara y contara la verdad. Sin muchos aspavientos le relató al capitán Pérez de dónde y de quién había tomado las monedas. También les contó a los oficiales de La Seguridad que le había vendido dos monedas a un extranjero.

- ¿Quién es el extranjero?

- Es un funcionario de El Cayo Obispo Hotel. Respondió Alberto. Rápidamente el capitán Pérez imaginó que este detalle bien que podría tener que ver con la desaparición de Leonel; y así se lo comunicó al Coronel Ambrosio.

Una hora después la casa de la amiga del escudero estaba siendo vigilada. Las horas pasaron una detrás de las otras y nada del sujeto que ellos esperaban. La noche llegó y del extranjero ni una pizca. Ya el tiempo era corto y el Coronel Ambrosio sintió que estaba llegando la hora de intervenir.

A las doce de la noche un grupo operativo invadió la casa de la amiguita del escudero del curador. La mujer fue sorprendida durmiendo y pasó el interrogatorio muy asustada. Cooperó con las autoridades en cuanto asunto ellos consideraron pertinente, pero salvo el retrato hablado del ayudante del curador, las fuerzas del orden no consiguieron información alguna de valor. Al parecer la joven estaba viviendo un romance y nada más. La casa estaba vacía, y del extranjero, nada.

/*\

8

- No puede ser que este pescador desaparezca en nuestras propias narices y sin dejar rastro – le dijo el Coronel al Capitán Pérez mientras saboreaban un café en el centro de Holguín -.

- Hace veinticuatro horas que no sabemos nada de él – respondió el Capitán -.

- Redobla los efectivos en Antilla y que viren al revés ese pueblucho si es necesario, pero ese hombre tiene que aparecer vivo o muerto.

- A sus órdenes Coronel.

Pérez terminó su café de un golpe y con un ademán de despedida se retiró en dirección a su viejo y destartalado Lada. A la tercera el carro arrancó y salió tambaleando ¿Dónde se puede haber metido ese pescador? ¿Se habrá ido para el norte? – pensó -, ésa es una posibilidad real: el hombre se encuentra unas monedas y decide llevárselas para Los Estados Unidos…Mientras la familia lo protege para que gane tiempo en el mar. Quizás ésta sea la verdadera explicación.

El Capitán Pérez pasó todo el día cumpliendo las órdenes del coronel. Duplicó el número de efectivos que participaban de la búsqueda; intensificó las directivas y las acciones de búsqueda; personalmente coordinó cada una de las tentativas que la tropa hacía por encontrar a Leonel. Ya entrada la noche del segundo día Pérez no aguantó más y le soltó al Coronel:

- Ese hombre se fue para la Yuma.

- En eso mismo estaba pensando hace unos minutos. Respondió el Coronel Ambrosio.

Ambos oficiales, en silencio, se quedaron meditabundos por unos minutos.

- Creo que ya hemos buscado bastante. Suspende la operación. Por lo menos en Antilla nuestro hombre no está.

- Eso me parece.

- Sólo nos queda un lugar en aquella bahía por revisar.

Pensó en voz alta el Coronel.

- El Cayo Obispo Hotel. Respondió Pérez.

- Sí. Pero meternos allí de lleno sería complicado. Necesitamos justificar bien la operación y ya sabes lo que nos costaría si entramos a la fuerza y el pescador no está allí.

- Nos va a salir caro ¿Pero y si está? Recuerde Coronel que hay dos monedas en aquella dirección.

El Coronel se quedó pensativo por unos minutos. Su mirada se encontró con un cuadro grande de Camilo Cienfuegos colgado en la pared frontal de su oficina.

- Vamos a meterle la técnica a ese hotel. Ahora, vamos a hacerlo por nuestro riesgo y cuenta, ya usted sabe capitán, no voy a informar eso a La Habana en un primer momento. Si esta gente tiene al pescador, y le están haciendo las mismas preguntas que nosotros le queríamos hacer, el hombre ya no debe estar en muy buenas condiciones. Por tanto, tenemos poco tiempo.

- ¿Y la entrada?

- La entrada va a ser disimulada. La primera etapa es blanda, pues no tenemos la patente para meternos allí. Si descubrimos que hay comida, entonces entramos con todo… y que la providencia divina nos ayude después a usted y a mí.

- Quien no se moja las nalgas no come pescado, coronel.

- OK, capitán, prepara la invasión de Cayo Obispo. Mañana al medio día quiero la avanzada entrando en el cayo.

- A sus órdenes.

Pérez se retiró.

/*\

La avanzada que el capitán Pérez planificó durante la noche para invadir El Cayo Obispo Hotel no podría ser otra, si consideramos la larga tradición en estas operaciones de la inteligencia cubana, que una monumental mulata. Reclutada en las huestes del Tropicana habanero, Rosaura Ramírez Guadalupe fue trasladada desde La Habana en un jet a lo largo y ancho de la isla para que al amanecer hiciera su comparecencia en el lobby del hotel.

Cuando Guadalupe llegó por la mañana y se presentó al pequeño barco que habría de conducirla hasta el cayo un entrecruzar de miradas pícaras se propagó entre los marineros. El patrón de la embarcación la recibió personalmente ayudándola a sentarse y colmándola con todo tipo de atenciones, como es común en Cuba cuando los seres del populacho se encuentran fortuitamente con un ejemplar semejante ante sus ojos. La mujer era perfecta desde la cabeza a los pies. Sus ojos reflejaban el color azulado del mar; el cociente cintura-cadera de la habanera era un número irracional áureo; busto puntiagudo; facciones rayando la perfección; nariz de Greta Garbo; y el trasero, patentado en Rio de Janeiro.

Con semejante currículo Guadalupe atravesó el lobby del hotel y fue directo para la recepción. Un joven le llenó sus papeles y escogió una habitación simple en el piso catorce. Rápidamente un viejito cargó su equipaje y la acompañó hasta su habitación.

Tardó más o menos una hora hasta que la noticia anunciando la llegada de la mulata se difundiese por todo el hotel. Camareros, cocineros, carpetas, gerentes, mucamas, custodios y cuantos trabajaban en El Cayo Obispo Hotel comentaron con fruición el advenimiento de la mujer. La europea tranquilidad que había reinado en el hotel desde los días de su inauguración fue quebrantada. Como una nube al cubrirlo todo, cada ser masculino de aquel lugar inició, en lo más cataclísmico de sus entrañas, un sueño viajero donde al final del trayecto se llevaba la esplendorosa mulata a la cama.

/*\

Horas antes el capitán Pérez había despachado con Guadalupe su misión. Después de un análisis exhaustivo del personal extranjero en el hotel, Pérez consiguió identificar dos personas a los cuales Guadalupe debería dirigir su atención. La primera y más importante era un viejito que en condición de turista ya llevaba demasiados días en el hotel; la segunda, el gerente general y al parecer ayudante del anciano, pues según la poca inteligencia que tenían allí, siempre en los informes aparecían juntos.

- Necesitamos pescar a cualquiera de los dos.

El capitán le mostró las fotos a la muchacha. Ella las examinó cuidadosamente entre sus grandes uñas.

- El joven me parece más accesible. Comentó ella.

- Sí, pero en estas cosas nunca se sabe. Concluyó el capitán Pérez.

/*\

Eran las dos de la tarde cuando el gerente de El Cayo Obispo Hotel decidió darse una vuelta de rutina por el complejo de piscinas. Acababa de almorzar un arroz marinero y su cuerpo sibarita le pedía a gritos un lugar agradable y descubierto para fumarse un puro. A paso lento se desplazó en dirección al elevador que comunicaba con las piscinas, allí con seguridad encontraría en las proximidades del bar un asiento donde fumarse el puro. Tomó el ascensor y marcó el botón de la piscina. El descenso fue rápido. Llevaba en su boca un Cohíba reserva, edición especial. En Cuba había descubierto los buenos puros y tal hallazgo lo mantenía a salvo del insistente recuerdo de su tierra natal mediterránea.

La puerta del ascensor se abrió y con ella un aire fresco lo golpeó de frente en el momento en que abandonaba el pequeño cubículo de vidrio que lo había transportado desde los pisos superiores. Caminó unos pasos hasta la barra donde un cubano preparaba los tragos. Pidió una piña colada y se sentó de espaldas a las piscinas. El cubano le preparó el trago, pero el gerente con su ojo curtido lo notó medio entretenido a medida que manejaba la batidora.

- ¿Qué pasa chico? ¿no te concentras?

El barman lo miró con una sonrisa y a continuación le hizo un ademán con las cejas como que indicándole a sus espaldas. Entonces, el gerente se viró y descubrió que en la piscina a sus espaldas una mujer tomaba el sol.

- ¡Joder!

Fue el único sonido. Giró ciento ochenta grados exactos sobre su asiento circular y encendió el tabaco.

Lo que tenía ante sus ojos no lo había descubierto en sus innumerables viajes por el mediterráneo; el cohíba con su aroma lo envolvió en una bruma ceniza, mientras en la piscina, acostada sobre una camita de fibra de vidrio, aquella mujer agasajada en su hilo dental tomaba el sol de Antilla para que él, exactamente él, disfrutase el panorama…

/*\

9

Lo que sucedió después en El Cayo Obispo Hotel ha quedado en la memoria de los antillanos como uno de los casos más evidentes de desorden e inconsistencia colectiva que se hayan registrado en la memorable historia de aquel lugar. La mulata lo desorganizó todo. Todas las dependencias organizativas en cuyas actividades participaban los hombres dejaron de funcionar. Pararon los elevadores, a pesar de ser automáticos. La comida nunca más se sirvió a tiempo. Los cocteles llegaban desproporcionados a la boca de los huéspedes. Y lo que fue peor: el gerente no consiguió llegar a tiempo a un importante interrogatorio que tenía en el piso trece. Sin explicarse cómo, perdió la noción del tiempo y terminó pasándose la tarde bebiendo Cubalibres en las márgenes de la piscina.

Cuando su superior llegó y al verlo en tal estado de descomposición, mandó a que lo retiraran a sus habitaciones. El viejito se quedó pasmado con la visión que tenía ante sus ojos. Tomó asiento como que sustituyendo a su subordinado y a pesar de su comprobado temple en situaciones difíciles, no tuvo otra alternativa que rendirse a los encantos de la escultura semidesnuda que lo contemplaba desde la piscina.

Horas después, ya entrado el atardecer, dicen los que presenciaron la escena que en el lado derecho de la piscina una bella mulata extendía su mano, con la gracia de Shakira, y la abría pausadamente a la altura de su rostro, para que su acompañante, un señor ya entrado en años, le depositara en ella una aceituna.

Fue de esta forma inesperada que la mulata penetró el misterioso piso trece, en los brazos del principal, y no como ella misma esperaba, conquistando a un subalterno. Y aquello fue minúsculo en los anales de los buscadores internacionales de tesoros, si consideramos lo que sucedió después. Al parecer el viejo calculó mal la dosis de Viagra, de modo que su anciano corazón no resistió la cabalgata de la cebra habanera.

En medio a un mar de sábanas blancas en la suite principal del piso trece, la bella Guadalupe se vio ante su objetivo muerto. Esta fatalidad le facilitó las cosas a la reina, de suerte que usando el mismo teléfono de la habitación llamó al capitán Pérez para contarle el terrible acontecimiento. Una hora después llegó el cuerpo de paramédicos a atender al infartado. Como era de esperarse, el cuadro ya no tenía remedio y La Seguridad aprovechó para darle un vistazo a los aposentos que con tanto celo el grupo hotelero había mantenido fuera de su alcance.

En una de las habitaciones encontraron a Leonel amordazado de manos y pies. El pescador llevaba algunas horas despierto y forcejeando con la intención de soltarse. Cuando Pérez lo liberó de sus ataduras le dijo:

- Bueno compadre, te hemos salvado el pellejo, pero me parece que tienes algo que decirnos. Leonel lo miró con una sonrisa y no emitió sonido alguno.

El grupo operativo atravesó la bahía en silencio, a lo lejos quedaba la silueta luminosa del hotel. Junto a Leonel se llevaban preso al gerente borracho.

Ya en las dependencias de La Seguridad en Holguín, Leonel contó la verdadera historia del galeón y las monedas que fortuitamente se encontró en su interior, omitiendo, claro está, el asunto del resto que encontró y eficientemente escondió.

Al día siguiente una lancha rápida de guardafronteras guiada por Leonel se dirigió al lugar donde supuestamente estaba el galeón. Dos buzos de La Seguridad se sumergieron en el mar azul y por segunda vez en trescientos años visitaron al galeón. Cuando emergieron confirmaron la historia que había contado el pescador.

En los días y meses subsiguientes equipos profesionales del instituto de oceanografía exploraron el galeón. En sus sucesivas y múltiples inmersiones, rebuscaron cada centímetro de la nave sin que encontrasen vestigio alguno de los restos de aquella expedición.

Se redactó un informe que concluía la inexistencia de carga alguna en las bodegas del antiguo barco.

Si por alguna casualidad aquel carapacho cargó alguna cosa – concluyó Pérez en una conversación con el Coronel Ambrosio - en los aciagos períodos en que navegaba, hacía tiempo que dicha mole de riquezas estaba salva y a buen resguardo.

- Con la salvedad – le respondió el Coronel - de que ahora tenemos un Galeón vacío en nuestras propias narices y eso, Capitán Pérez, de alguna forma nos torna más crédulos a todos, o por lo menos nos devuelve aquel aire de mar mañanero que sentíamos cuando pequeños.

En fin, por la primera vez el recuerdo de William Haasting se nos ha vuelto palpable.

- Exactamente Coronel. En eso mismo estaba pensando. Respondió el Capitán Pérez.

/*\

www.ingramcontent.com/pod-product-compliance
Ingram Content Group UK Ltd.
Pitfield, Milton Keynes, MK11 3LW, UK
UKHW020156200726
13856UKWH00003B/1030